JN184135
馬面

ようかいどうちゅう
伝
そうごくし
妖怪道中三国志
ほのお
ふ
炎の風吹け
よう
かい
たい
せん
妖怪大戦
妖
三田村信行・作
十々夜・絵

登場人物紹介

蒼太（早川蒼一）
妖怪ゲームの達人。
今は「三国志ゲーム」にはまり、三国志のことをよく知っている。

夏花（大河原夏実）
“考えるより行動！”派。
正義感が強く、好奇心おうせい。

佐山信夫（信助）
歴史大好きな「江戸時代オタク」。
佐山博士と未来にいたが、三国時代へやってきたばかり。

これまでのお話は…

歴史学者・佐山博士が発見した三国時代の予言書をうばい、歴史を変えようとした妖怪は追いつめられ、自害した。が、博士と巻物はゆくえ不明に。

名前を変え孔明・張飛とともに三国時代を旅していた蒼太と夏花は、未来からやってきた佐山博士の孫の信夫と再会した。未来をまもるためには「赤壁の戦い」を起こすことが必要と考える三人。ところが、呉の柴桑の対岸へ来たとき、衝撃の事実を知る。いっしょに旅をしてきた孔明は、実は双子の弟「孔晴」で、本物の孔明は、病で死亡したというのだ。「孔明といれかわり、孔明として行動する」と決意した孔晴を支えることになった蒼太たちは…？

孔晴
天才軍師「孔明」の双子の弟。
争いごとがきらいで気弱にもかかわらず、兄のかわりに「孔明」として呉へ行くことに。

孔明
天才的な能力をもつ軍師だが、「赤壁の戦い」直前に病死。

張飛
「三国志」の重要人物。
天下無敵の豪傑だが、じつは妖怪が苦手。

周瑜
呉の参謀。
孔明と協力し、魏軍をむかえうつ作戦を提案。

曹操
「三国志」の英雄。
強大な力をたくわえ中国統一をめざす。

黒風怪
魏の曹操の命令で、孔明をつけねらう「間者」（スパイ）。

佐山博士
信夫の祖父で、歴史学者。
中国の歴史が専門。

ところで「赤壁の戦い」ってなーに…？

もくじ

◆孔明をとりもどせ！◆……5
◆びっくりぎょうてん周瑜の正体◆……55
◆赤壁の戦い GO、GO、GO!◆……107

蒼太たちが起こそうとしている「赤壁の戦い」って…？

有名な『三国志』は「魏」「呉」「蜀」という3つの国が争う「三国時代」の物語。

その「三国時代」直前、いち早く強大な力をもった「魏」の曹操が、大軍をひきいて「呉」の国に向けて進軍してきた。「呉」が降伏すれば、曹操の天下となりかねない。それをくいとめたのが「赤壁の戦い」だった――。

孔明(こうめい)をとりもどせ！

一

一そうの舟が、こきざみにゆれながら暗い川をよこぎっていく。川はばは広く、対岸は闇にしずんでいる。櫓のきしる音と、ぴたぴたと船端をあらう小さな波の音のほかは、物音ひとつしない。

舟には船頭のほかに六人の人間が乗っていた。孔晴、張飛、孫乾、蒼太、夏花、信助の六人だ。孔晴はへさきに立って、暗い水面に目をやっている。張飛と孫乾は、腕を組んで目をとじている。夏花、蒼太、信助の三人は、とものほうにかたまっていた。

「やっとここまでたどりついたわね」

夏花がささやいた。

「ああ」

蒼太がうなずいた。

夏花と蒼太のふたりは、未来からこの『三国志』の世界にやってきた。そして、曹操と孫権・劉備の連合軍が赤壁で激突する〈赤壁の戦い〉を成功させるために、劉備の軍師孔明と護衛の張飛とともに、呉の柴桑めざして旅をつづけてきた。今、舟はその柴桑に向かってすすんでいる。

「これからどうなるんだい」

信助が聞いた。途中からこの世界にやってきた信助は、蒼太や夏花と同じようにこっちの世界の服に着がえていたが、まだなじまないらしく、しきりに体をもぞもぞさせている。

「それが問題なんだよなあ」

蒼太は、暗い水面に見いっている孔晴をちらりと見ながらいった。

『三国志』では、孔明が呉に乗りこんで、孫権や参謀の周瑜を曹操に立ちむかうよう説得し、さまざまな計略をほどこして赤壁の戦いを勝利にみちびくことになっている。ところが、今、舟のへさきに立っているのは、孔明の双子の弟の孔晴だ。孔明はゆうべ柴桑で亡くなっている。そのため、孔晴が孔明として呉に乗りこみ、赤壁の戦いにのぞむことになった。孔明がいなければ、赤壁の戦いは曹操の勝利に終わる可能性があるからだ。

そんなことにならないように、孫乾も張飛も、もちろん蒼太も夏花も信助も、孔明として呉に乗りこんでくれるように孔晴にたのみこんだ。孔晴も承知した。けれど、争いごとがきらいで、なんだかたよりない孔晴に、天才軍師孔明の役がつとまるかどうか、蒼太はだんだん不安になってきていたのだ。

「孔晴さんがうまくやってくれればいいんだけど……」

「大丈夫よ。孔晴さんなら、絶対やってくれる！」

夏花が、強い口調でいった。

「お夏……じゃなかった、夏花は、ずいぶんあの人のこと信じてるみたいだな」

信助が、ちょっとびっくりしたように、夏花を見た。

「あたしたちが信じてあげなくてどうするのよ。未来の世界は、孔晴さんの活躍にかかってるんだから。そうでしょ、蒼太」

「うん」

蒼太はすなおにうなずいた。

夏花のいうとおりだ。孔晴が赤壁の戦いを勝利にみちびくことができなければ、歴史が変わり、その結果、未来の世界も変わってしまう。孔晴を信じるしかない。蒼太は、胸の内にくすぶる不安を追いはらった。

闇にしずんでいた向こう岸に、ぼーっとにぶい明かりが帯のように広がった。どうやら柴桑に近づいたようだ。しかし、舟はその明かりから逃れるように、へさきをななめ前方に向けてすすんでいく。やがて明かりは後方にすぎさり、向こう岸はふたたび闇にしずんだ。すると舟はへさきをまた向こう岸に向けた。

しばらくすると、前方に細い流れが見えてきた。支流のようだ。舟はその流れに乗りいれると、少しすすんで、右手の運河のような水路にはいった。水路は右に左に枝わかれしている。舟はそのうちの一本にはいった。しばらくすすむと、水門があった。口はひらいている。水門をくぐると、そこは大きな池で、岸辺に船着き場があり、その向こうに屋根がそりかえった建物が黒々とそびえている。どうやらここは大きな屋敷で、運河から直接屋敷の中にはいれるようになっているようだ。

「ここはどこなんだ」

船着き場に上がった張飛が、ぎょろりと目をむいた。

「柴桑の郊外にある呉の重臣の別荘だ。孔明軍師は、病に倒れてからずっとここで静養されていた」

孫乾がいった。

「屋敷の者に秘密はもれないんですか」

建物のほうに歩いていく船頭を見ながら、孔晴がたずねた。孫乾は首をふった。

「ここで働いているのは、船頭もふくめて夏口から連れてきた者たちばかりです。みな、劉備さまをしたっていますから、秘密をもらす心配はありません」

「それならいい。孔明軍師が入れかわったなんてことが外にもれたら、すべてがおじゃんになってしまうからな」

張飛がほっとしたようにうなずいた。

船頭が知らせたのだろう、明かりを持った男が船着き場にやってきた。
「お帰りなさいませ」
男は、軽く頭をさげると、先に立って建物に向かった。みんなそのあとについていった。
建物の中には明かりがついていたが、外にもれないように、窓という窓に黒い布がたれ下がっていた。
「わしの留守ちゅう、だれか訪ねてきたか」
広間にはいると、孫乾が男をかえりみた。
「はい。昼すぎに、周瑜さまのお使いの方が見えました。周瑜さまは、明日赤壁の本陣に出立なさるので、ぜひ孔明さまにお会いして、作戦について話しあいたく、明朝早くお訪ねしたいということでした」
「なんと、あぶないところであった」
「うむ。間に合ってよかったわ」
孫乾と張飛は、顔を見あわせて、ほうっと大きな息をついた。
「兄上の亡骸はどこです」

孔晴が孫乾をふりかえった。
「いつだれが見まいにくるかわからないので、病気のように見せかけて、奥の寝室に寝かせてあります」
「では、兄上に最後のお別れをしてきます。しばらくのあいだ、ひとりにしておいてください」
孔晴は頭をたれ、重い足どりで広間をでていった。
「やはり、だいぶまいっているようだな」
孫乾がつぶやいた。
「無理もない。あまりにも突然だったからな」
張飛がうなずいた。
「それにしても、あの孔明軍師が亡くなられるとは……なんといったらいいか、悲しくて、悲しくて、おれは、おれは……」
張飛は、肩をふるわせてしゃくりあげた。
「泣くな、張飛」
孫乾が声をはげましていった。

「そりゃあ、おれだって悲しい。だが、悲しむのはあとまわしだ。今は、新しい孔明軍師をもりたてて、周瑜とともになんとしても曹操を討ちやぶらなければならん」

「そうだったな。おれとしたことが……はずかしいわい」

張飛は、なみだをぬぐって、照れたようにわらった。

「ところで、その周瑜だが、どんな男だ」

「切れ者だな。頭はいいし、決断力もある。人をひきつける魅力も十分に持っている。弁舌もさわやかで、孔明軍師を支持して、曹操と戦うことに反対していた呉の重臣どもをみごとに説得してしまった。われらにとって、たのもしい味方だ」

「でも、周瑜は危険な男だよ！」

蒼太が叫んだ。

「孔明さんを殺そうとねらってるんだから」

「どういうことだ。なんで周瑜が孔明軍師を殺そうとするのか」

孫乾が、鋭い目で蒼太をにらんだ。

「周瑜は、孔明さんの才能を恐れているんです。今は、曹操と戦うためにおたがいに力をあわせていても、いつかは敵味方に別れる。孔明さんが敵にまわったら、呉にとって脅威になる。だから、今のうちに殺してしまおうと考えてるんです」

「それって、『三国志』にのってること?」

夏花がたずねた。

「うん」

「だが、いくら周瑜でも、孔明軍師をおおっぴらに殺すことなど、できるはずあるまい」

張飛が頭をふった。

「それに、孔明軍師がおらねば、曹操との戦いに勝てないではないか」

「周瑜は、孔明さんの知恵を借りて曹操を討ちやぶる作戦を立てるまでは、孔明さんを大事にするけど、作戦を立ておえてしまえば、もう孔明さんの知恵は必要ありません。それで、わなをしかけるっていうか、正当な理由をつけて孔明さんを殺してしまおうと考えてるんです」

「理由って、どういうことだい」

信助が聞いた。
「たとえば——」
「ちょっと待って」
答えようとした蒼太を夏花がさえぎった。
「この話、孔晴さんにも聞かせておいたほうがいいわ。あたし、よんでくる」
夏花は身をひるがえして広間をでていったが、しばらくすると、あわただしくかけもどってきた。
「大変よ。孔晴さんが死んでる！」
夏花の金切り声が、広間の空気を切りさいた。

二

顔色を変えた張飛を先頭に、一同は寝室にかけつけた。うすい紗の布にかこまれた寝台には、孔明の亡骸が生きているかのように横たわり、寝台のわきに孔晴があおむけになってころがっていた。青白い顔をして、目をとじている。
「あたしが来たときも、こんなふうだったの」
夏花が、なみだ声でいった。
「ねむってるんだと思って、起こそうとしたら、手が冷たいんで、びっくりしてみんなをよびにいったのよ」
張飛がひざをついて、孔晴の胸に耳をあてた。しばらくして頭を上げ、首をふった。
「なんてことだ」
孫乾が、悲痛な声を上げた。
「だれが、なんのために、孔晴どのを……」
「もしかしたら、周瑜のしわざかもしれん」
張飛が蒼太をふりむいた。
「お前、いっただろう、周瑜が孔明軍師を殺そうとしてるとな」
「……」
蒼太は、張飛の声が聞こえなかったみたいに、ぼうぜんとつっ立っていた。

ショックでなにも考えられなかった。まさか、こんなことになるなんて！

「本物の孔明さんとまちがえられたんじゃないのかなあ」

信助が、めがねをずり上げながらいった。

「まったくそっくりなんだから」

「おかしいぞ」

あらためて孔晴の体を調べていた張飛が、首をひねった。

「傷はどこにもないし、首をしめられたりもしていない。ねむっているような状態だが、ただ息だけはしていない」

「どういうことだ」

孫乾が身を乗りだした。そのとき、

「やあ、どうも！」

いきなり陽気な声がした。

一同がおどろいてふりむくと、寝台と反対側のかべぎわに、どこからはいってきたのか、なまずひげをはやした、四十歳ぐらいの年かっこうの男が立っていた。

「ご親族の方々でやすか。ご苦労さまでやす」
「お前はだれだ！」
張飛が丸い目をかっと見ひらいて、男をにらみつけた。
「あたしは走無常でやす」
「走無常だと⁉」
「へえ。冥府、閻魔の庁ともいいやすが、そこで使い走りをつとめておる者でやす」
「その走無常がなんの用だ」
「それが、そのう……へっへっへっ」
男は腰をかがめて、卑屈なわらいをうかべた。
「なんだ、早くいえ！」
「へえ。あたしは、死んだ者を冥府へつれていく役目なんでやすが、今回、こちらの孔明

さんが亡くなったからつれてこいと冥府から連絡があったときに、あいにくと遠出をしていやして、あわててこちらへやってきたんでやすが……」

「そうか、わかったぞ！」

張飛がひげをふるわせた。

「きさま、孔明軍師とまちがえて、孔晴どのを冥府につれてったな！」

「へ、へえ、そのとおりでやす。なにしろ、あわててたもんでやすから、寝台につっぷしている人を孔明さんだと思ってしまって、すぐに魂を抜いて冥府へつれていったんでやす。ところが、人ちがいだと分かって、役人にさんざん怒られてしまいやした。というわけで、あらためて本物の孔明さんをつれに来たんでやす」

「それで、孔晴どのはどうしておられるのだ」

孫乾が聞いた。

「役所に留めおかれていやす。あたしが孔明さんをつれていけば、いれかわりにこっちにもどってこられやす」

「じゃあ、生きかえるんだね！」

蒼太の顔がぱっと明るくなった。
「もちろんでやす。魂を体にもどせば、生きかえりやす」
「だったら、さっさと孔明さんをつれていって、孔晴さんをつれもどしてきなさいよ！」
夏花がかみつくようにいった。
「へ、へい」
夏花の勢いにびっくりした走無常は、飛び上がるようにして寝台にかけよった。紗の布をあけ、横たわっている孔明の額のあたりに手をかざし、口の中でぶつぶつと呪文のようなものをとなえた。
すると、横たわっていた孔明が、すーっと半身を起こした。が、寝台には体がそのままのこっている。起き上がった孔明は、蝉が殻からぬけでるように、横たわった体からぬけでて、寝台をおりた。走無常は、先に立って孔明を反対側のかべぎわにみちびくと、かべに向かってぶつぶつつぶやいた。と、かべに黒いしみがぽつりとあらわれた。しみはどんどん大きく広がっていき、やがて楕円形の黒い穴になった。

走無常は、孔明をうながして、かべの穴にはいっていった。ふたりの姿が黒い穴にすいこまれるようにして消えると、穴はしだい小さくなっていき、しみから点になり、ふっと消えて、かべはもとどおりになった。

「行っちゃった……」

信助がふうっと息をついた。

「孔晴さん、早くもどってきて」

夏花がいのるようにつぶやいた。

「心配するな。すぐもどってくるわ」

張飛が、いつになくやさしく、夏花をなぐさめた。

一同は、走無常が消えたかべを見つめながら、待った。けれど、それから一時（二時間）あまりたっても、かべは白いままでなんの変化も起きなかった。

「なにを手間取っておるのだ」

孫乾が、いらいらしたようにかべをたたいた。

「まあ、冥府にもいろいろ都合があるのだろうさ」

張飛がなだめるようにいった。

「しかし、周瑜がやってくるまでに孔晴どのにもどってきてもらわねば、大変なことになるぞ」
「それはそうだが、じたばたしてもはじまらん。あせらずに待つことだ」
張飛は落ちつきはらって、ひげをしごいている。
「張飛さん、いやに落ちついてるな」
蒼太は夏花にささやいた。
「いざとなったら、なにか秘策があるのかもしれない」
「そうだといいんだけど……」
夏花は、不安げにかべを見つづけた。
それからまた、半時ちかくたった。
「来た！」
信助が叫んで、かべを指さした。
白いかべに黒いしみがうきでて、しだいに大きくなり、楕円形の穴になると、走無常がのっそりとでてきた。ひとりだった。
「孔晴どのはどうした！」

孫乾がどなった。
「それが、そのう……」
走無常は、困ったように頭をかいた。
「ちょっとまずいことになりやして」
「なんだ、まずいこととは？」
「へえ。まちがって冥府につれてきた者をつれもどすには、役所の長官の許可がいるんでやすが、長官がいそがしいとかでなかなか許可がもらえないんでやす。それで、下役の者に聞いたら、その長官は金にきたなくて、そでの下、つまりワイロを渡さなければ、引きわたしてくれないっていうんでやす。というわけで、いったんもどってきたんでやんす」
「いくらぐらいなのだ、ワイロは」
「へえ。銭五百枚ということでやす」
「なんだ、それくらいならすぐに用意できるぞ」
「いえ、こっちの銭じゃだめでやんす。冥銭でないと」
「冥銭って、あれだろ。金色で丸くて平べったくて、

まん中に冥っていう字がほりこんであるやつ」
蒼太がいった。死者の町である鬼市にまよいこんだときに見たのを思いだしたのだ。
「へえ。さようで。粘土を丸めて型を抜き、字をほりこんで金色にぬるんでやす。そんでもって、それを死んだ者に持たせてやると、冥府で通用するんでやす。まあ、今回はあたしが持っていきやすが」
「そんなものを五百枚も、今から作っている時間はない」
孫乾は当惑したようにまゆをしかめた。
「おい、走無常」
それまでだまっていた張飛が、口をはさんだ。
「お前、どこの村の者でなんという名前だ」
「へえ。あたしは竜河村の者で、陸といいます」
「そうか。そこでちょっと待ってろ」
張飛は陸に命ずると、孫乾に歩みよって耳もとになにやらささやいた。
「分かった」

孫乾はうなずいて、寝室をでていき、しばらくしてもどってくると、張飛に向かっていった。

「手配した」

「そうか。ご苦労」

張飛はにやりとわらうと、陸に向きなおった。

「さて、走無常の陸さんよ。おれたちには、遅くとも夜明けごろまでに孔晴どのを冥府からつれもどさなけりゃならんわけがある。だから、ワイロに使う冥銭を作っているひまはない。そこで、おれが直接冥府に乗りこんで、孔晴どのをひっさらってくることに決めた。お前、手助けしろ」

「ひぇっ、そ、そんなこと、できやせん」

陸は、なまずひげをふるわせ、顔の前で両手をふった。

「だんな方に手を貸したのが知れたら、あたしは重い罰を受けやすんで」

「なに、あとで冥銭を千枚でも二千枚でも作ってやるから、それをワイロに使って、罰を逃れればよかろう。それにな、陸さんよ、どうあってもお前はおれのいうことを聞かなければならんのさ」

「ど、どういうことでやんす」
陸は、不安そうに張飛を見やった。
「子どものころ、故郷のおれの家のちかくにも走無常がいた。そやつは、ある日とつぜんひっくりかえって、死んだようになる。だが、家族も近所の人もだれひとり心配しない。二日か三日もたてば生きかえってぴんぴんするのを知っておるからだ。つまり、死んだようになっているあいだ、そいつは冥府の用をつとめておるのだな。
そやつの家族から聞いた話では、そやつが走無常になっているあいだ、のこっている体を、大事に見はっているそうだ。体がなくなってしまえば、生きかえることはできないからというのだな。
そこでだ、陸さんよ。人をやって、竜河村のお前の家を見はるように、さっき手配した。お前がいやだといえば、すぐに使いを走らせ、お前の体を焼くように命じてある。灰になってしまえば、お前は二度と生きかえることはできないぞ。だから、おとなしくおれのいうことを聞くんだな」
張飛は、丸い目でぎょろりと陸をにらみつけた。

（そうか。これがいざというときの張飛さんの秘策だったんだ！）
蒼太は、張飛がおちついていたわけが分かった。
「そ、そんな……ひ、ひどいでやす」
陸は泣きべそをかいた。
「まあ、おれもほんとうはこんなことはしたくない。だが、やむを得んのだ。たのむ。このとおりだ」
張飛は、にらみつけるかわりに、今度は陸に向かって頭をさげた。

三

「分かりやした。やりやしょう」
陸は、思いきったようにうなずいた。
「おお、やってくれるか」
張飛は、ほっとしたようにひげづらをほころばせた。

「そのかわり、罰を逃れるためのワイロとして、冥銭二千枚をいただきやす」
「心配するな。かならず用意する」
孫乾がうけあった。
「ありがとうございやす。じつをいうと、冥銭は冥府からこっちに持ってくると、本物の銭に変わるんでやす」
陸はずるそうに目を細めた。どうやら、罰を逃れるためのワイロの一部をかすめとるつもりのようだ。
「冥銭をどう使おうと、お前の勝手だ。それより、早くおれを冥府へつれていってくれ。武器は持っていけるんだろうな」
「へえ。身につけているものや手に持っているものならなんでも持っていけやす」
「そうか。ちょっと待っててくれ」
張飛はそういうと、足早に寝室をでていき、蛇矛を持ってもどってきた。
「これでよし。さあ、行こうか」
「あたしも行く」

夏花が前にすすみでた。
「おれも行く」
「おれも」
蒼太と信助も夏花にならんだ。
「お前たちがいっしょだと、かえって足手まといになる」
張飛は首をふった。
「でも、もしかしたら、冥府には妖怪がいるかもしれないわよ」
夏花がいった。
「だから、あたしたちもいっしょに行ったほうがいいと思うの」
「まさか、冥府に妖怪はおらんだろう。なあ、陸さんよ」
「さあ、なんともいえやせんね」
陸は首をかしげた。
「あたしは冥府のすみずみまで知っているわけじゃありやせんで」
「くそっ。……しかたがない。お前たちもいっしょに来い。なにかの役には立つだろう」

あきらめたようにいうと、張飛は孫乾をかえりみた。
「孫乾、あとをたのんだぞ」
「まかしておけ」
孫乾は大きくうなずいた。
「孔晴どのを無事に冥府からつれもどしてきてくれ」
「うむ。かならず成功してみせる」
張飛は、蛇矛の柄の先で勢いよく床を打った。
「陸さんよ、いつでもいいぞ」
「へえ。では、みなさん、横になって目をつむり、あたしがいいというまで、息を止めてくださいな」
陸の指図で、みんな、いっせいに床に横になり、目をつむって息を止めた。
すると陸は、ひとりひとりに歩みよって、なにやら口でもごもごとなえながら、額に手をかざした。
「はい、目をあけて息をはいて、起きてようございますよ」
みんな、陸にいわれたとおりにした。

「なによ、これ」
「どういうことだよ」
「どうなってんの」
夏花と蒼太と信助は、おどろきの声を上げた。自分は立っているのに、足もとにもうひとりの自分が横たわっているのだ。
「人間には、魂と魄がそなわっていやす。あたしが今魂を抜いたんで、魄が体にのこっているんでやす。魂を入れなおせば、もとどおりになりやす」
「すると、おれたちは、魂なんだな」
張飛が聞いた。
「へえ。額にそのしるしがありやす」
そのことばに、蒼太たちは思わずおたがいを見やった。陸のいったとおり、それぞれの額には、冥という字が青黒くうきでていた。
「じゃあ、行きやすか。あたしのあとについてきてくださいやし」
陸は、前のようにかべに黒い穴を出現させると、先に立って穴にふみこんだ。
蛇矛をかかえた張飛がすぐあとにつづき、夏花、信助、蒼太の順にかべの穴にはいっていった。

「うまくいけばよいが……」

孫乾は、かべの穴がみるみるうちに小さくなっていくのを見つめながら、つぶやいた。床には、魂がもどってくるのを待って、四つの体が静かに横たわっている。

黒い穴は、洞穴のようにまがりくねりながら十間ほどつづいていた。やがて前方が明るくなり、出口にたどりついた。張飛も蒼太も夏花も信助も、思わず目を見はった。大小さまざまな石の柱が、どんよりとした空のもと、目のとどくかぎり広がっていたのだ。

「石林でやす。冥府へ行くには、ここを通りぬけなくちゃなりやせん」

陸がいった。

石の柱は、人の背たけほどのものから、十丈（一丈は約三メートル）、二十丈にもおよぶものまでさまざまで、みな、地面からまっすぐにのび、ほとんどすきまがないほどにびっしりと立ちならんでいる。

「あたしを見うしなわないようにしてくださいな」

石林に足をふみいれながら、陸がみんなをふりかえった。
「この中は入りくんでやすから、一歩まちがえると迷子になって、冥府にたどりつけなくなりやす」
「そうすると、どうなるの？」
夏花が聞いた。
「迷っているあいだに、のこした体が腐ってしまい、もとにもどれなくなりやす」
陸は、なまずひげをひねって、にやりとわらった。
「そうして、永遠に石林をさまようようになるんでやす」
「ちょっと、そんなの、やだわ」
夏花と蒼太と信助は、青ざめた顔を見あわせた。
「ごたくはいいから、さっさと行け」
張飛が、蛇矛の柄の先で陸の背をついた。
「へえ」
陸はひょこひょこと歩きだした。
石の柱と柱のあいだは、人ひとり通れるぐらいのはばしかなかった。人ひとりどころか、腕が通るか通らないかぐらいのはばしかないところもたくさんあった。そういうところは行きどまりだから、まさに石林全体が巨大な迷路になっている。

走無常の陸は、石の柱のあいだを右に左にまがりながら、足早にすすんでいく。みんな遅れないようについていこうとするが、石林の中では陰気な風がうずまいていて、ビュウビュウと吹きつけてくるので、なかなか前へ進めない。おまけに、風にまじって泣きさけぶ声や嘆きかなしむ声、うらみ声やわめきのしる声などがたえまなく聞こえてくる。うす気味わるくて、背中がぞくぞくしてくる。

「冥府に行く者たちの声でやすよ」

陸がふりかえって、いった。

「死んだ者たちは、たいてい、泣いたり、嘆いたり、うらんだり、怒ったりしながら、ここを通って行くんでやす。その声が石のあいだにこもって、風が吹くたびに聞こえてくるんでやす」

蒼太も夏花も信助も、耳をおさえて前にすすんだ。それでも、うす気味わるい声は追いかけるように聞こえてきた。
それから半時ばかり歩いて、ようやく石林を抜けでることができた。前方にいかめしい作りの巨大な門が立っている。
「着きやした。あれが冥府の総門でやす」
陸が門を指さして、いった。
総門をくぐると、広い通りがまっすぐにのび、左右に少し細めの通りが規則正しくよこぎっている。通りに沿って、屋根の先が反りかえった同じような建物が立ちならび、役人らしい男たちや、死者の町の鬼市で見かけた鬼卒などが通りを行きかっている。
「あたしたちを捕まえた馬面鬼は、いないのかしら」
夏花が、通りを見まわしながらいった。
「あれは地方役人でやす。冥府にはおりやせん」
陸が首をふった。
まっすぐにのびた大通りの先には、大きくてりっぱな建物が建っている。まるで宮殿のようだ。

「閻魔王さまのおられる冥宮でやす」
陸がいった。
「孔晴どのはあそこにおるのか」
張飛が聞いた。
「いえ、ちがいやす」
陸は首をふると、通りをすすんでいき、冥宮の少し手前で左に折れ、三つめの角で足を止めると、体を隠すようにして、
「あそこでやす」
ななめ向かいの建物を指さした。屋根つきの門の前に、長い棒を持った鬼卒が門番に立っている。
「例の長官の屋敷でやす。孔晴さんは、奥の部屋にとじこめられているみたいでやす」
「よし。すぐにふみこんで、助けだそう」
張飛が蛇矛を持ちなおした。
「まず、あの門番をたたきふせてやる」

「ちょっと、待って」
蒼太が張飛のそでを引いた。
「いきなりそんなことをしたら、大さわぎになって、孔晴さんを助けにくくなるんじゃない？」
「そうかもね」
夏花がうなずいた。
「門番の注意をそらして、そのすきに屋敷にもぐりこめればいいんだけど……」
「いい考えがあるよ」
信助がぱちんと指を鳴らした。
「おれたち三人が、門番の前でけんかするんだ。門番がそれに気を取られたすきに、張飛さんたちが屋敷にはいってしまえばいい」
変顔を追って妖怪刑務所にやってきたとき、ろくろ首のお六と火吹き小僧が、刑務所にいる仲間を助けるために、わざと捕まったことを信助は思いだしたのだ。あれと同じようなことをすればいい。

「いい考えでやすな」
陸が賛成した。
「よし、行くぞ」
蒼太が先に立って角をまがった。信助と夏花があとにつづいた。

四

三人は、なにげないふうをよそおって、孔晴がとじこめられている屋敷の前を歩いていった。鬼卒はちらっと三人に目をやったが、すぐに視線をもとにもどした。
屋敷をちょっと行きすぎたところで、三人は足を止め、
「お前、なにやってんだよ！」
いきなり蒼太が叫んで、信助をひじでこづくと、
「なんだよ、おれがなにしたっていうんだ」

すかさず信助がこづきかえした。
「ちょっと、やめなさいよ！」
夏花が、声をはり上げて割ってはいりながら、ちらっと屋敷のほうに目をやり、
「まだだめよ。知らんぷりしてる」
と、ささやいた。
「だから、お前がぐずぐずしてるから、わるいんだ！」
「おれがいつぐずぐずしてた」
「やめてったら！　……こっち見てる。もう少し派手にやって」
「お前なんか、ぼこぼこにしてやる！」
蒼太が信助になぐりかかった。
「やったなあ」
信助がなぐりかえす。もちろんかっこ

うだけだが、はなれたところから見れば、なぐりあっているように見える。
「お願い、やめて！　……こっちにやってくるわよ。もうひと息」
蒼太が信助をおしたおした。信助も負けじと起き上がろうとする。ふたりは取っくみあって地面をごろごろころがった。夏花が止めるふりをしながら、ちらちらと横目をつかう。
「その調子、その調子……あっ、張飛さんたちが門の中にかけこんだわよ。大成功……きゃあ、だれか止めてえ！」
夏花が金切り声を上げるのとほとんど同時に、どすどすと大きな足音を立てて、鬼卒がかけよってきたかと思うと、長い棒の先を蒼太の帯につっこんで、ぐいっと持ち上げた。
「わっ、や、やめて！」
宙づりになった蒼太は、悲鳴を上げて手足をばたばたさせた。
「けんかは、やめるか」
「は、はい。や、やめます」
「それなら、いい」

鬼卒は、棒をおろして、帯から抜いた。信助はそのあいだに起き上がっている。
「お前たち、仲よくするんだな」
そういって、鬼卒が屋敷のほうにもどりかけたときだった。門から陸と孔晴と張飛が勢いよく飛びだしてきた。
「あっ、きさまたち！」
鬼卒はぎょうてんして、三人にかけよった。が、張飛の蛇矛のひとふりでふっ飛んでしまった。
「逃げるぞ、急げ！」
張飛がどなった。
陸を先頭に、みんなひとかたまりになって走った。何度か角をまがり、大通りにでると、そのままっすぐ総門に向かった。
あと少しで総門にたどりつきそうになったとき、背後がさわがしくなった。ふりかえると、数十人の鬼卒が、ののしり声やわめき声を上げながらかさなりあうようにして追ってくる。
「来たか、ウジ虫どもめ」

張飛は、孔晴たちを背後にかばうと、目を怒らせ、ひげをふるわせて蛇矛をかまえた。

追いついた鬼卒たちが、棒をふるっていっせいに張飛に襲いかかった。張飛は、蛇矛を自分の手のようにあやつって、右に左に鬼卒たちを切りふせた。しかし、鬼卒たちは、切られても切られてもすぐにもとどおりになり、また襲いかかってくる。

それでも張飛が、疲れも見せずに切りまくっていると、

「待て。そやつの相手はおれにまかせろ」

大きな声とともに、ひとりの男が張飛の前におどりでた。

「やっ、きさまは……」

張飛の丸い目がさらに丸くなった。

「呂布！」

「さよう。ひさしぶりだな、張飛」

男はにやりわらった。

「呂布って、だれ？」

信助がささやいた。
「三国志の英雄のひとりよ。そうでしょ」
夏花が蒼太をかえりみた。
「うん」
蒼太がうなずいた。
「張飛さんと関羽さんがふたりがかりで戦ったんだけど、勝負がつかなかったくらい強かったんだ」
「きさまは、曹操に捕らえられて、しばり首になったはずだな。なんで今ごろこんなところへのこのこでてくる」
張飛があざわらった。
「おれは、冥府のある高官のもとで働いておる」
呂布がいった。
「あいつ、例の長官の用心棒でやすよ」
陸がささやいた。
「その高官からきさまたちを捕らえるようにたのまれたのだが、相手が張飛とあれば、話はべつ。冥府に来てから、おれの相手になるやつがいなくて、退屈していたところだ。おれと勝負しろ、張飛」

呂布は、手に持った武器をぐいと高くかかげた。槍の穂先の根元に三日月形の刃が横に取りつけられているかわった武器だ。

「きさまがこのおれの方天画戟をへしおることができたら、見のがしてやろう。もっとも、おれがきさまの蛇矛をまっぷたつにするほうが早いと思うがな」

「なに、やってみなければわからん。よし、その話、乗った。ちょっと待ってくれ」

張飛は、うしろをふりむいてささやいた。

「おれが呂布と戦っているあいだに、すきをみて逃げてくれ」

「しかし、それでは張飛どのがもどれなくなるかも……」

「おれのことはどうでもいい」

孔晴のことばにかぶせるように、張飛はいった。

「周瑜がやってくるまでに、あんたにもどってもらわなくては、すべてがおしまいになる。陸、たのんだぞ」

張飛は呂布に向きなおった。

「呂布、行くぞ」
「おお、いつでも来い。関羽がいなくて大丈夫か」
「ほざくな！」
張飛は、蛇矛をふり上げて呂布に打ちかかった。

「おおりゃあ」
「どっこい」
呂布は、方天画戟でがっちりと蛇矛を受けとめた。
それから、火花をちらすようなはげしい戦いがはじまった。蛇矛と方天画戟が音を立てて打ちあわされ、体と体がはげしくぶつかりあってははなれ、はなれてはぶつかりあった。張飛も呂布も、息ひとつ乱さず、地をけって躍り上がり、右に左にかけまわって打ちあった。
鬼卒たちは、あまりにすさまじいふたりの戦いぶりに恐れをなしたか、ずずずっとあとずさりして、遠巻きに見まもっている。
「今のうちに逃げやしょう」
陸がみんなをうながして、そろそろと総門に向かってあとずさりしていった。だれも気がつかない。
「遅れないでついてきてくださいやしよ！」
総門をくぐると、陸は身をひるがえして石林にかけこんだ。孔晴をはじめ蒼太たちも、すぐあとにつづいた。

石林を抜けて洞穴にはいり、暗い中をしばらく行くと、陸が立ちどまり、口の中でなにやらもぐもぐとなえた。と、目の前にぽかりと楕円形の穴が口をあけた。その穴をくぐると、そこは孔明の亡骸のある寝室だった。むずかしい顔をした孫乾が、寝台のわきに立っていた。すでに夜は明けているようで、窓の外はほんのりと明るくなっていた。

「おお、もどられたか！」

かべからでてきた孔晴を見て、孫乾はほっとしたように笑顔になった。

「ご心配をおかけしました」

孔晴は深々と頭をさげた。

「なんの、なんの。あなたがもどってこられたのがなにより。で、張飛はどうしました」

「それが……」

孔晴は、張飛がもどらなかったわけを話した。

「ふむ。まあ、張飛のことだから、なんとかするでしょう」

孫乾は、自分にいいきかせるようにいった。

「ねえ、ちょっと、陸さん。あたしたちを早く体にもどしてよ」
夏花が叫んだ。
「承知しやした。では、みなさん、目をつむって大きく息を吸い、そのまま息を止めて、十まで数えたら息を吐き、目をあけてくださいやし」
陸にいわれたとおり、蒼太はすーっと大きく息を吸い、そのまま止めて、一、二、三と数えだした。十まで数えてふーっと息を吐き、目をあけた。最初に目に飛びこんできたのは、なにかの花だった。まばたきしてもう一度よく見ると、それは部屋の天井に描かれた花のもようで、自分は床に横たわって天井を見ているのだった。おどろいて起き上がると、夏花と信助、そして孔晴も半身を起こしていた。
「あっ」
「ないわ！」
「消えた！」
蒼太と夏花と信助は、おたがいに顔を見あって、同時に叫んだ。額にうきでていた冥の字が消えていたのだ。

「みなさんの魂は、無事体にもどり、これで魂魄そろいやした」
陸がなまずひげをひねりながら、いった。
そこへ、使用人の男がはいってきた。
「ただいま、周瑜さまがまいられまして、孔明軍師にごあいさつしたいとおっしゃっておられます」
「そうか。広間にお通ししておけ。軍師はしばらくしたらまいるゆえ」
孫乾は、使用人にそういいつけると、孔晴に向きなおった。
「孔晴どの。いよいよ本番ですぞ。心がまえはよろしいかな」
「大丈夫です」
孔晴は、緊張しているのか、少し青ざめた顔をしていたが、きっぱりとうなずいた。
「かならず、兄上になりきってみせます」
「たのみましたぞ。そうだ、お前たちにも一役かってもらおう」
孫乾は、蒼太たちをかえりみた。
それからしばらくして、一同は広間にでていった。先頭に孫乾が立ち、孔晴は両わきによりそった蒼太と信助の肩に左右の手をおいて、いかにも病み上がりのようにゆっくりと歩いてくる。そのうしろから、薬のはいった水さしをのせたお盆を持って、夏花がつづいた。

「これは、孔明どの」

いすにすわっていた周瑜が、広間にはいってくる孔晴を見て、少しおどろいた顔つきで腰をうかした。

「もうよろしいのか」

「ええ。だいぶよくなりました」

孔晴はにこりとわらって、うなずいた。

「孔明どのが元気になられたからには、曹操に勝っても同然。こんなよろこばしいことはない」

周瑜は顔をほころばせた。年は三十歳半ばぐ

らいだろうか。色白で顔立ちのととのった美男子だ。
「よかった。孔明さんだと信じてるみたいね」
夏花が、ほっとしたようにささやいた。蒼太たち三人は、広間のすみにひかえていた。
「そっくりだもんね。見やぶれないよ」
信助がうなずいた。
蒼太はだまっていた。でだしはまずまずのようだが、ほんとうにためされるのはこれからだと思っていた。
孔晴は、おちついて周瑜と会話をかわしていた。周瑜は、曹操軍の動きや作戦のことなどを話したかったようだが、
「なにぶんにも軍師は、病み上がりで体調が万全ではありません。作戦上のことなどは、すっかり回復されてからじっくり話しあったほうがよいのではありませんか」
と、孫乾にやんわりと釘をさされた。
「では、それがしはこれにてお暇いたす」

一時ちかく話したあと、周瑜は立ち上がった。
「孔明どの、赤壁の本陣でお待ちしておりますぞ」
「できるかぎり早くまいりましょう」
孔晴は笑顔で答えた。
そのとき、どすどすと荒っぽい足音がして、張飛が広間に飛びこんできた。
「もどったぞ！　走無常の陸がむかえに……」
大声でどなったが、周瑜がいるのに気がついて、あわてて口を手でおさえた。
「おお、ちょうどよいところに来た」
孫乾がにこやかにいった。
「周瑜どの、この男は張飛といって、劉備さまの義弟にあたる者。劉備さまの命で孔明軍師の見まいにきたのです」
「おお、では、あなたが、長坂橋で曹操の大軍をただひとりで追いはらったという豪傑ですか」
周瑜はおどろいて張飛を見た。
「さよう」

張飛は、ひげをなでながら胸をそらした。
「それがしは、呉の参謀をつとめる周瑜ともうす。以後お見知りおきを」
「こちらこそよろしくお願いもうす」
ふたりは、たがいの目をのぞくようにしながら、あいさつをかわした。
「なかなか鋭い目をしておる。油断のならない男のようだな」
周瑜が帰ると、張飛はつぶやいた。
「張飛さん、呂布をやっつけたのね」
夏花がいった。
「おおさ。やつの方天画戟をへしおってやったわい。そこへ陸がむかえにやってきたんで、いそいでもどってきたわけさ」
「わたしのせいで、みんなにめいわくをかけてしまった。すまない」
孔晴が頭をさげた。
「兄上のことやこれからのことを考えて、昨夜から一睡もしていなかったので、つい兄上の亡骸のわきでいねむりをしてしまったのだ」
「まあ、これで孔晴どのは名実ともに孔明軍師になったのだから、よいのではないか。さて、走無常の陸に支払う冥銭二千枚を作らせねばならん」
孫乾は、そういって広間をでていった。
「あっ、そうだ、張飛さん」
蒼太が思いだしたようにいった。
「もう、陸さんの家の見はりはいらないでしょ。もどってくるようにいったら？」
「なに、その必要はないわさ」
「えっ、どうして？」
「もともと見はりなんぞ行かせてはおらん。陸にいうことをきかせるために、わざと孫乾に耳打ちして、見はりを行かせたように見せかけただけだわ。どうだ、おれさまの知恵は。孔明軍師もかなうまいて。がははは」
張飛の豪快なわらい声が広間にはじけた。

びっくりぎょうてん周瑜（しゅうゆ）の正体

一

赤壁を中心に、長江南岸に周瑜にひきいられた三万の呉の水軍が陣取った。対岸の烏林には、約十三万の曹操軍が、軍船と軍船をつないで城壁のようにならべた水上の要塞をつくり上げて、まもりをかためた。両軍は、長江をはさんでにらみあい、おたがいにけんせいしあいながら、決戦のときをうかがっていた。

孔明と張飛と孫乾、それに蒼太、夏花、信助の六人は、本陣から少しはなれた岸辺につながれている一そうの船を借りて、宿舎にしていた。赤壁に来てから、ひと月あまりたっていた。

病がいえた孔明を、赤壁に陣取った呉の武将たちのだれひとりとして、双子の弟だと見ぬく者はいなかった。天才軍師孔明として、みな尊敬のまなざしで見つめ、話しかけ、ときには自分の宿舎に招いて、歓待した。しかし周瑜は、なぜか孔明をさけているふうで、本陣にも招かないし、自分のほうからやってくることもない。作戦会議に招かれて孔明が出席しても、口をきこうともしないし、顔を合わせようともしない、無視しているとしか思えないような態度だった。

「どういうことだろう」

孔明は首をひねった。

「柴桑で会ったときには、わたしの病がいえたのをあんなに喜んでいたのに——」

「たしかにおかしいですね」

孫乾も首をかしげた。

「孔明軍師の知恵を借りないことには、曹操に勝てないことは周瑜も十分に分かっているはずですからね」

「なにを考えておるのか、周瑜は」

張飛が丸い目をぎょろりとさせた。

「どうなの、蒼太」

夏花が蒼太に顔を向けた。

「『三国志』でも、こんなふうになってるの？」

「いや、そんなことないと思う」

蒼太は、首をふった。自分が知っている『三国志』の世界では、周瑜が孔明を無視するような場面はなかった気がする。

「もしかしたら周瑜は、孔明さんが本物じゃないことに気がついたんじゃないかな」

だれもが心の底で抱いていた不安を、信助がずばりと指摘した。

いくら顔かたちはそっくりでも、中身はまったくちがう。もちろん孔明は、亡くなった兄が自分のために書きのこしてくれた文書を読みこんで、戦や政の知識をたくわえた。しかし、まだほんとうに身についているわけではないから、恐るべき孔明の才能を知っている周瑜ならば、

「あの孔明が、こんなことも分からないのか」

「孔明には、こんな知識もないのか」

などと、不審に思うことがあってもおかしくない。そして、

「どうも、病に倒れる前の孔明と、病がいえてからの孔明とは、感じがちがうぞ」と首をひねり、そこから、

「ひょっとして今の孔明は別人ではないか」

という疑いを抱くことは十分に考えられる。その疑いをたしかめるために、わざと孔明を無視し、ひそかにようすをさぐっている——のだろうか？

「もうひとつ心配なことがあるよ」

信助がつづけた。

「ほら、前に蒼太がいってたじゃないか。周瑜が、将来呉の敵になるにちがいない孔明さんを、今のうちに殺してしまおうって考えてることだよ」

今のところ、目立った動きはないが、周瑜が孔明を殺すのをあきらめたとは思われない。いずれなにかしかけてくるにちがいなかった。

「にせ者と見やぶられるか、わなをしかけられて絶体絶命におちいるか。どちらにしても、あんまりありがたくないなあ」

孔明はにがわらいした。周瑜の思わくについては、赤壁に来る前に聞いていた。

「呉の重臣に魯粛という男がいます。わたしとは長年の友人です。柴桑から本陣に来ていて、周瑜といろいろ話しあっているようですから、周瑜がなにを考えているか分かるでしょう。ころあいを見はからって本陣に行き、それとなく聞いてみます」

孫乾がいった。

しかし、わざわざ本陣に出向く必要はなかった。それから数日後、魯粛のほうからとつぜんやって来たのだ。

「孔明どのに、折りいってお話ししたいことがあります」

でっぷり太った体をゆすりながら船に上がると、魯粛はいった。

「なんでしょう」

「よろしければ、ふたりだけでお話ししたいのだが」

魯粛は、張飛や孫乾、蒼太たち

を見やった。

「そうですか。では、こちらへ」

孔明はうなずいて、魯粛を自分の船室に案内した。

「なんだろうな、話って」

「わざわざやってくるところをみると、かなり重要なことのようだな」

「周瑜にいわれて来たんじゃない？」

「いや、魯粛どの自身の考えがあってのことかもしれぬ」

「なんだかいやな予感がする」

蒼太をはじめ残った五人は、さまざまな憶測をめぐらせて、気をもんだ。

孔明と魯粛の話は、それから半時あまりかかった。話を終えると、孔明は船端まで魯粛を送ってでた。

「では、明日」

「お待ちしております。くれぐれもそれがしの忠告をおわすれなきよう」

魯粛は、そういいおいて、船をおりていった。

「軍師、魯粛どのの話というのは、なんだったのです」

孔明が、なにやら考えこんだ顔つきで、みんなのいる船室にもどってくると、待ちかまえたように孫乾がたずねた。

「周瑜どのが、呉の将来のためにわたしを殺そうとしているという話でした」

孔明はいった。さてはそのことだったかと、みんなのあいだに緊張が走った。

「しかし、そのことをどうして魯粛どのがわざわざ教えに来たんでしょう」

孫乾は首をかしげた。

「魯粛どのは、周瑜どのから相談を受けていたそうです」

魯粛は、周瑜の考えにはげしく反対したという。孔明を殺せば、とうぜん劉備の怒りをかい、呉との同盟はこわれる。そうなれば曹操の思うつぼとなり、こんどの戦も負けるだろう。それに、孔明の知恵がなければ、曹操に勝つのはむずかしいのではないかと、周瑜を説得した。

しかし周瑜は聞きいれなかった。たとえ劉備との同盟がこわれようと、孔明がいなくなろうと、かまわない。すでに曹操軍の弱みをにぎっているので、こんどの戦はぜったいに勝てると、自信満々なのだという。

そして明日、作戦会議に孔明をよんで、とうていできそうもない仕事をうけおわせる。とうぜんできるわけはないから、軍法会議にかけて死罪にしてしまう——というのが周瑜の計画だった。

「その仕事というのがどんなものか、周瑜どのは明かしてくれなかったそうだが、ともあれ、魯粛どのは、その仕事を受けないようにと、忠告しに来てくれたのです」

受けなければ、周瑜をはじめ、呉の重臣や武将たちからあざわらわれ、孔明の才能もたいしたことはないと軽蔑され、なにが天才軍師だとばかにされるだろう。けれど、将来のために、勇気をだして一時のはじをしのぶ勇気を持つようにと、魯粛は孔明を説いた——。

「……というわけです」

孔明は、ふーっと大きな息をついた。

「できそうもない仕事をひきうけて、自滅するか、はじをしのんで断るか。正直いって、わたしにはどっちがいいか分からない」

「魯粛の忠告にしたがうのは、考えものだな」

張飛がひげをしごいた。

「ここで孔明軍師の評判がおちれば、劉備軍にも大きな影響がでる。孔明軍師の才能を恐れていた敵が、もう恐れる必要がないと知って、かさにかかって攻めたててくるだろうからな」

「じゃあ、できそうもない仕事をひきうけるほうがいいってわけ？」

夏花が張飛をかえりみた。

「うーむ。みすみす孔明軍師を窮地におとしいれるわけにもいかんし……」

張飛は頭をかかえた。

「じゃあ、どうしようもないじゃない」

「どうしようもなくないよ」

蒼太のおちついた声がした。おどろいて、みんないっせいに蒼太を見た。蒼太は笑みをうかべながら、みんなを見かえした。

「ようやく、『三国志』の世界になってきただけさ」

「どういうことかな。説明してくれないか」

孫乾がうながした。

「つまり、周瑜が孔明さんにうけおわせる仕事の内容は分かっていて、孔明さんがどうやってやりとげるかも分かっているということです」
「分かった。それって、みんな『三国志』に書いてあるんだ！」
夏花が叫んだ。
「そのとおり」
蒼太は、ゆっくりとうなずいた。
「これまでは、おれの知ってる『三国志』の世界からずれてることが多かったんだけど、こんどの、周瑜が孔明さんに無理難題をふっかけるというのは、『三国志』にちゃんとのっている。だから、その筋書きどおりに行動すればいいわけさ」
「おお、蒼太どの。そなたはわれらの大恩人だわい！」
張飛がかけよって蒼太を抱き上げ、その頬にひげづらをごしごしすりよせた。
「ちょ、ちょっと、張飛さん、やめて！　く、くすぐったいってば！」
蒼太は、張飛の腕の中でばたばた暴れた。みんな大わらい。
「あのさ。今分かったんだけど……」
張飛が蒼太をおろすと、信助が遠慮がちに口をひらいた。

「周瑜は、孔明さんをにせ者だと思ってないよ。だって、にせ者だと分かっていたら、無理難題をふっかけるようなめんどくさいことをわざわざする必要ないだろ。すぐさま捕まえて殺してしまえばいいんだからね」
「鋭い！　信助、さえてるじゃん！」
夏花が勢いよく信助の背中をたたいた。
「そ、それほどでも……」
信助は照れくさそうにわらって、めがねをはずし、上着のそででレンズをふいた。

二

つぎの日、孔明は、張飛と蒼太、夏花、信助をつれて、本陣に向かった。蒼太は杖、夏花は薬のはいったつぼ、信助は水のはいった瓶を持っている。これは、孔明が病み上がりであることをまわりに見せるためだ。そして、張飛は護衛。孔明が外出するときは、いつもこの顔ぶれで行く。

本陣は、大小さまざまの軍船がびっしりとうかんでいる岸辺から少しはなれた山のふもとにあった。天幕が何十となくならんだ中央に、ひときわ大きな天幕がはられている。そこが作戦会議の場所だ。孔明たちはその中にはいっていった。

天幕の中は中央に広間があり、広間のまわりをいくつかの小部屋がぐるりと取りまいている。広間にはコの字形につくえがならべられていて、すでに周瑜や魯粛とならんで、呉の武将たちがずらりと席についていた。

「これは孔明どの」

周瑜や武将たちが立って孔明をむかえた。

「さあ、こちらへ」

「遅くなって、もうしわけない」

孔明は軽く頭をさげて、定められた席についた。張飛は蛇矛を持ってそのうしろに立ち、蒼太たちはすみにひかえた。

「さて、おのおのがた」

作戦会議がはじまると、周瑜がさっそく口をひらいた。
「いよいよ曹操との決戦のときがせまってまいった。準備はよろしいかな」
「もちろんでござる」
「いつでも出陣できますぞ」
「兵たちもはりきっております」
「一刻も早く出陣したくて、うずうずしておりますわい」
「それはけっこう」
周瑜は満足げにうなずくと、孔明に顔を向けた。
「ところで孔明どの。曹操との決戦は水上で行われるが、水上での戦いにおいていちばん有利な武器はなんでしょうな」
——はじまったぞ。
蒼太が、ひじで信助の腹をつついた。
——わかってる。
信助が、緊張した顔でうなずく。
——しっ。だまって聞きなさいよ。

夏花がくちびるに指をあてた。

「それは、なんといっても弓矢でしょうね」

孔明はおちついて答えた。前日に、『三国志』に記されているこれからのなりゆきについて、蒼太からじっくり聞きとっていた。

「水上での戦いには、弓矢がいちばん威力を発揮します」

「それがしもそう思う」

周瑜は大きくうなずいた。

「ところが、わが軍では、現在矢が大変不足している。このままでは決戦をいどんでも曹操軍を破ることなどとうていできそうもない。そこで孔明どのにお願いするのだが、職人を指図して、十万本の矢をこしらえてはくださるまいか。日数は、決戦も間近なことでもあるし、十日でどうであろうか」

武将たちのあいだから、どよめきの声が上がった。十日間で十万本の矢を作るなど、だれが考えても無理な話だ。これが、周瑜の無理難題、〝とうていできそうもない仕事〟だった。

「これは、孔明どのでなければできない仕事。無理を承知でお願いするしだい。

どうかひきうけていただきたい」
周瑜は、孔明に向かって頭をさげた。魯粛が孔明に目くばせした。ひきうけるなというのだろう。
「わかりました。ひきうけましょう」
魯粛の目くばせを無視して、孔明はうなずいた。
「しかし、曹操との決戦がせまっているのに、だらだらとむだな時間をかけるわけにはいきますまい。三日でそろえましょう」
どよめきがふたたび起こった。十日でさえとうてい無理だと思われるのに、三日とは！　だれもが孔明の正気を疑った。
――筋書きどおりすすんでる。
――孔明さん、よくやってるわ。
――周瑜もおどろいているみたいだね。
「孔明どの、ここは、呉のおもだった武将たちが顔をそろえた重要な作戦会議の場。いったん口にだしたことは取りけせませんぞ」
「心得ております。なんで取りけしなどいたしましょうや」

「では、誓紙をだしていただこう」
誓紙というのは、誓いのことばを記した紙のことだ。
「承知しました」
孔明は、筆をかりると、「三日のうちに十万本の矢をそろえることができなかったなら、どんな罰でも受けます」と書いて、周瑜にさしだした。
「それでよろしいですかな」
「ふむ」
周瑜は、複雑な顔つきで、誓紙と孔明をかわるがわる見やった。これで、孔明の命は周瑜ににぎられたことになる。それは周瑜にとっては計算どおりなのだが、分からないのは、十日の期限を孔明が自分から三日にちぢめたことだ。なにか秘策があるのか。それとも、やぶれかぶれで、どうにでもなれと思っているのか――。
作戦会議が終わって、孔明たちは住まいの船にもどってきた。
「いかがでしたか」
留守をしていた孫乾がたずねた。

「うまくいきましたよ」
孔明は笑顔で答えた。
「孔明軍師が三日でいいといったときの周瑜のおどろいた顔を、おぬしにも見せたかったわ」
張飛がガハハと高わらいした。
「蒼太がいった『三国志』の筋書きどおりだったわ」
夏花がいった。
「おれ、『三国志』が読みたくなった」
信助がめがねの奥で目をかがやかせた。
「筋書きどおりなら、もうすぐ魯粛がやってくるよ」
蒼太がいった。
「周瑜にいわれて、孔明さんの考えをさぐりにね」
「そうだったな」
孔明がうなずいた。
「魯粛どのにどういうか、おさらいしておかなくては。たしか、兵船を二十そうだったな」

「そうです。それから――」

孔明と蒼太が、『三国志』の筋書きをもう一度おさらいしているところへ、蒼太のいったとおり魯粛がやってきた。

「孔明どの、先ほどの作戦会議での態度はどういうことです。あれでは、自分から火に飛びこむ虫と同じではありませんか」

魯粛は、孔明を見るなりいった。

「あれほどいったのに、なぜそれがしの忠告を聞かなかったのです」

「いや、周瑜どののたのみを断ってあざけりを受けるよりは、とにかく全力をつくしてやってみようと思ったまでです。もちろん、死は覚悟の上です」

「それならば、なぜ、十日間を三日にちぢめて、自分で自分の首をしめるようなことをしたのです」

「周瑜どのの目的は、わたしを殺そうとすること。ならば、職人たちにわざと仕事を遅らせるように命じて、十万本の矢を作らせないようにさせるでしょう。ですから、十日も三日も同じことです」

孔明は、口もとに笑みをうかべて、魯粛を見た。
「では、どうなさるおつもりか」
「じつは、そのことで、魯粛どののお力をお借りしたいのです」
孔明は、ちらっと蒼太を見てうなずくと、魯粛に目をもどした。
「一そうに三十人の兵士をのせた兵船を二十そう、用意していただきたい。船は青い布の幕ですっぽりと包み、両側にはわらの束を千たばほど立てならべてください。これだけ用意してくだされば、三日のうちに十万本の矢をそろえてごらんにいれましょう」
「なんと……！」
あまりにも奇怪な孔明のたのみに、魯粛はまじまじと孔明を見つめた。そして、その顔つきから、じょうだんをいったのではないと分かると、こんどは首をかしげた。孔明がなにを考えているのか、まるで見当がつかないようだった。
「いかがでしょう。お力を貸していただけますか」
「わ、わかりもうした」
孔明にうながされて、魯粛は思わずうなずいた。

「さっそく用意しましょう」
魯粛は、そそくさともどっていった。
「いいぞ！」
「やったね！」
信助と夏花がぱんと両手を打ちあわせた。孔明と張飛と孫乾も、ほっとしたように顔を見あわせている。
「あとは霧だけだ……」
みんなから少しはなれて、蒼太はぽつりとつぶやいた。

三

約束どおり魯粛は、孔明たちの船の近くの岸辺に、すべてをととのえた。兵士三十人をのせた三十そうの兵船。船体は青い布で包まれ、右舷にも左舷にもわら束がびっしりと立てならべられている。

孫乾をあとに残して、孔明、張飛、蒼太、夏花、信助の五人は、兵船の一そうに乗りうつった。しかし、一日めはなんの動きもなかった。兵船は岸につながれっぱなしで、兵士たちはなにもすることなく、むだな時間をすごした。二日めもまったく同じ状態だった

「どういうことだよ、これは」

「おれたちは、なんのためにかりだされたんだ」

「いつまでこんな状態がつづくんだろう」

「待ちぼうけはたくさんだよ」

兵士たちのあいだに不審の声が上がったが、張飛が各船をまわってにらみをきかすと、おさまった。

その夜遅く、蒼太は船首にでてみた。無数の星がまたたく夜空の下に、長江が暗い波をうねらせ、はるか向こう、対岸の烏林一帯には曹操がきずいた水上の要塞のかがり火が、赤い帯のように明るく照りかがやいている。

「霧が、あのかがり火を隠してくれなくては、なにもできない。霧は、本当にわいてくるのだろうか？」

『三国志』では、三日めの午前一時ごろ、長江に深い霧が立ちこめ、孔明は、その霧をぬって兵船を対岸の烏林に向けてこぎだすという筋書きになっている。けれど、無数の星がかがやいている夜空を見ていると、いくら待っても霧などわいてこないのではないかと思われてくる。

「どうか、筋書きどおりになってくれ……」

思わず口ばしると、だれかの手が肩にかかった。ふりむくと、夏花がうしろに立っていた。もういっぽうの肩には、信助の手があった。

「大丈夫よ」

夏花がいった。

「大丈夫にきまってるさ」

信助がうなずいた。

三人は、いのるような気持ちで船首に立ちつくした。

それから数時間後、まるで魔法のように長江に霧が立ちこめてきた。

「いよいよはじまるな」

張飛が武者ぶるいした。

「曹操にひとあわふかせ、周瑜をへこませてやろうではないか」
「そうですね」
孔明は静かにうなずいた。おちついていて、もうすっかり亡くなった兄になりきっているようだ。
蒼太、夏花、信助の三人もほっとしていた。『三国志』の世界は、やはり筋書きどおりすすんでいる！
孔明は、兵士のひとりを魯粛のもとへ走らせ、すぐに兵船に来てほしいと伝えさせた。魯粛はすぐにかけつけてきた。
「なんです。なにがあったのです」
「そろそろでかけますので、いっしょに来ていただきたいと思い、およびしたのです」
「でかけるって、どこへです」
「矢をいただきにですよ」
「なんと!?」
わけがわからなくてとまどっている魯粛に、張飛がぐいと杯をつきだした。

「まあ、飲みましょうや。どうせ向こうに着くまではすることもないし」
「ゆっくり飲んでいてください」
にこりとわらうと、孔明は兵士たちに船をだすよう命じた。
二十そうの兵船は、長い綱でつなぎあわされ、孔明たちの乗った船を先頭に、一列になって岸辺をはなれていった。周瑜に約束した三日めの午前一時すぎのことだった。
長江は、いまや深い霧に包まれていた。中ほどまで来ると、向きあっている相手の顔も見えないほどになってきた。蒼太が待っていたのは、この霧だった。この霧が水上要塞のかがり火をさえぎり、川面をすすむ二十そうの兵船を隠してくれるのだ。
船体を覆面のように青い布でくるんだ船隊は、やがて曹操軍の水上要塞のちかくまでやってきた。要塞のまわりでは、昼も夜も見はりの船が何十そうとなくミズスマシのように行き来して厳重な警戒をしているのだが、深い霧と船体の覆面のために、見つかることはなかった。
孔明は、二十そうの兵船を西から東に横一列にならばせた。そして、太鼓をいっせいに打ちならし、力のかぎりときの声を上げるよう兵士たちに命じた。
命令は船から船へつぎつぎと伝わっていき、たちまち雷鳴のようなすさまじい太鼓の連打と、六百人の兵士の上げるけもののような荒々しいときの声が霧をひきさくように川面にひびきわたった。
「わっ、わわわわっ」
魯粛はびっくりぎょうてんして、杯を取りおとした。
「こ、孔明どの、あれをやめさせてくだされ。曹操軍に気づかれて、攻撃されますぞ！」
「それを待っているのですよ」
孔明は杯をひろって、魯粛に渡した。
「な、なんですと!?」
魯粛は目をむいた。
「曹操軍に攻撃させるために、わざと太鼓を打ち、ときの声を上げているというのですか」
「さよう、さよう。うまい酒を飲みながら、わが孔明軍師の天才的な策略を見物されよ」
張飛がからからとわらいながら、魯粛の杯に酒を満たした。
太鼓の連打とときの声は、とぎれることなくつづいた。
「す、すげえ！」
「鼓膜が破れそう！」
信助と夏花は、両手で耳をおさえて床につっぷした。
いっぽう蒼太は、耳をすませて、べつの音が聞こえてくるのを待っていた。
しばらくすると、太鼓とときの声にまじって、その音が聞こえてきた。びゅうびゅうと風が猛烈に吹きすさぶような音と、ぶすぶすと船体をつつんだ布と立てならべたわら束になにかがたえまなくつきささる音だ。
「なに、あれ」
夏花が床から顔を上げた。音に気がついたようだ。信助も耳をすます。
「曹操軍の水上の要塞から射かけてくる矢の音と、その矢が船につきささる音だよ」
蒼太がいった。

「とつぜん上がった太鼓の音ととき の声に、要塞をまもっていた水軍の司令官が、呉軍の夜襲だとかんちがいしたんだよ。あわてて曹操に知らせると、曹操は、この深い霧ではやたらに討ってでると、ひそんだ敵勢にやられてしまうおそれがあるから、矢を射かけるようにと命じるんだ」

蒼太は、『三国志』に描かれたこの場面を説明した。

曹操は、さらに陸上の陣からも矢を射かけさせるように命じた。たちまち、水上と陸上あわせて一万人の射手が、霧の立ちこめた川面に向けて息つくひまもなく矢を射た。何千本、何万本もの矢が覆面の船隊に雨あられのようにふりそそぎ、わら束や青い布の幕にぶすぶすとつきささったのだった。

「こっち側はもう十分だろう」

孔明は、兵士たちに太鼓ととき の声をつづけさせながら、二十そうの兵船を東から西へとならべかえさせた。船の反対がわに、またもや矢がぶすぶすとつきささっていった。

こうして、夜が明けるころになると、二十そうの船には船体が見えなくなるほど矢がつきたっていた。

「いかがですか」
孔明は、魯粛をかえりみた。

「おそらく、一そうに少なくとも六千本はつきたっているでしょう。全部あわせれば十万本以上になります。いたんだものや折れたものなどを取りのぞいても、十万本は確実に使えるはずです」

「うーむ」

魯粛はうなった。

「〝矢をいただきに〟といわれたのは、このことだったのですね」

「ええ」

「それにしても、今日霧がでることをどうやって知ったのです」

「わたしは、このひと月あまり、長江の気象の変化を観察してきました。その結果、三日前から今日霧がでるだろうと予測しました。この霧をのがしたら、十万本の矢は手にはいりません。それで、十日を三日にちぢめたのです」

「そうだったのですか」

魯粛は、感嘆したように頭をさげた。

「まことにもって孔明どのは天才軍師。恐れいりました」

孔明はただわらっているだけだったが、張飛をはじめ蒼太たち四人は、たがいに目くばせしあった。もちろん、孔明のセリフは『三国志』にのっていて、蒼太が教えたものだった。

「さて、そろそろひきあげましょうか」

孔明は、それぞれの船の兵士たちに、

「曹操どの、ありがたく矢をちょうだいいたす！」

と、大声で叫ばせると、船を返した。

はりねずみのようになった覆面の船隊は、朝日のさす川面をよこぎり、南岸に向かった。

「曹操め、さぞかしくやしがっておるだろうて」

張飛が満足そうにひげをひねり、ぐいっと酒を飲みほした。

四

二十そうの兵船は、やがて岸に着いた。孔明は、兵士たちに命じて、びっしりと船体につきささった矢を抜かせ、岸辺にならべさせた。そのなかから、矢尻が欠けたものや、柄が折れたものなど、使い物にならないものを取りのぞくと、ざっと見つもっても十万本あまりの矢が残った。孔明は、それらを束にして本陣に運びこんだ。

「これは！」

十万本の矢の束を見て、さすがの周瑜も目を丸くした。そして、魯粛から孔明がどのようにして矢を手にいれたかを聞くと、さらにおどろきの目をみはった。

「孔明どのの知謀は、とうてい我らのおよぶところではない」

周瑜は感服して、誓紙を取りだすと、孔明の目の前でふたつにひきさいた。

「これからも、その知謀を我らのために生かしてくだされ。力をあわせて、ともに曹操を討ちやぶりましょうぞ」

「もちろん、望むところです」

ふたりは、がっちりと手を握りあった。

「うまくいって、よかった」

「周瑜め、どぎもを抜かれておったな」
「いい気味だわ」
「これで、赤壁の戦いは、勝利まちがいなしだね」
「筋書きどおりさ」
事がうまくはこんだので、住まいの船にもどる道々、みんなの口も足も軽かった。
「あっ、わすれ物しちゃった！」
蒼太が、途中で足を止めた。
「孔明さんの杖だよ。取ってくるから先に行ってて」
蒼太は、みんなと別れて、本陣にひきかえした。作戦会議がひらかれた大きな天幕にはいると、がらんとした広間のすみに孔明の杖がころがっていた。ひろって立ちさろうとしたとき、右手の小部屋から声が聞こえてきた。小部屋の出入り口は、切れこみのある長いのれんのようなたれ布だけだ。
「どうした。まだ、決心がつかんのか」
どこかで聞いたことのある声がいっている。

「まあ、そうせかすな」
答えているのは、周瑜だ。
「もう少し時間をくれ」
「そんな余裕はないのは、おぬしにも分かっておるはずだ。もうすぐ決戦がはじまる。その前に、一刻でも早く曹操さまをよろこばせてさしあげねばならぬ」
曹操をよろこばせる？
なんの話をしてるんだ？
周瑜の相手はだれなんだ？
蒼太は、小部屋に歩みよって、たれ布をそっと持ち上げ、中に目をやった。
小卓をはさんで、周瑜と男がすわっていた。男は全身黒ずくめだ。
――もしかして、あれは……？
蒼太ははっとした。
「おぬし、おれのいうことが信じられないのか」
男が腰を上げて、周瑜のななめ前に立った。横顔が見えた。目のまわりが白かった。

――黒風怪！

蒼太はあわててたれ布をおろすと、そろりそろりとあとずさった。小部屋から少しはなれたところで向きをかえ、歩きだそうとしたが、うっかり持っていた杖をおとしてしまった。からんと、大きな音がした。

蒼太はその場にかたまった。

「だれだ！」

鋭い声とともに、たれ布が持ち上がって、周瑜が顔をだした。

「お前は？」

「は、はい。孔明さまの供の者でございます」

蒼太は、腰をかがめ、ぺこぺこ頭をさげた。

「杖をわすれてしまいましたので、取りにまいったところでございます」

「そうか。ならば、さっさともどれ」
周瑜はあごをしゃくると、たれ布をもどした。蒼太は、ほっとして杖を取り上げ、天幕を出ていった。
――曹操の間者（スパイ）の黒風怪が、周瑜の部屋にいた。なぜだ？
――周瑜と黒風怪は、おたがいに知りあいのような口をきいていた。なぜだ？
――黒風怪は、曹操をよろこばせろと周瑜にいっていた。なぜだ？
急いで船にもどるあいだ、蒼太の頭の中ではいくつもの疑問が渦を巻いていた。
みんなはもう船にもどっていた。
「どうしたの、顔色がわるいわよ」
夏花が蒼太を見ていった。
「なにかあったの？」
「うん。じつは……」
蒼太は、天幕で見ききしたことをくわしく話した。
考えもしなかった事態に、みんなことばを失った。

「これって、うらぎりよね」
夏花が口をひらいた。
「周瑜が孔明さんを殺そうとしたのは、孔明さんの才能を恐れたこともあるだろうけど、それよりも、曹操のためだったんじゃないの。孔明さんがいなくなれば、曹操だって大助かりなんだから」
「黒風怪は、周瑜と前からの知りあいだったのかもしれない」
蒼太がいった。
「でなければ、曹操の間者が、やすやすと本陣にはいりこめるはずないもんな」
「もしかしたら、周瑜は最初から曹操のスパイだったんじゃないかと思うんだけど」
信助が思いもよらないことをいいだした。
「なんでよ。なんでそんなこと思うのよ」
夏花が信助をかえりみた。
「ずっと前に見たスパイ映画にそんなのがあったんだ」
信助は、めがねをずり上げて夏花を見かえした。

「その映画では、主人公は子どものときから敵の国で育てられるんだ。そして、おとなになると、自分がスパイだと教えられて、自分の国のために働くようになるのさ」

周瑜の正体は、曹操のスパイだった！

そう考えると、黒風怪と周瑜の親しげなようすも納得がいく。おそらく黒風怪は、曹操と周瑜の連絡係のようなものなのだろう。

「くそっ、周瑜め。よくもおれたちをたぶらかしおったな！」

張飛が顔をまっ赤にして、髪を逆立て、目を怒らせ、ひげをぶるぶるとふるわせると、

「こうなったら、やつをまっぷたつにひきさいて、曹操に地団駄をふませてやるわ！」

蛇矛をひっつかんで、船室を飛びだそうとした。

「待ってください！」

孔明が鋭い声で叫んだ。

「早まってはなりません。周瑜どのが曹操の間者と決まったわけではない」

「しかし、蒼太が見ききしておるのでは？」
「たしかにそうですが、これが曹操のしかけたわなだったらどうします？　黒風怪が、わざと蒼太にあやしい会話を聞かせて周瑜どのを曹操の間者だと思わせ、それを信じて周瑜どのを殺してしまったら、曹操の思うつぼではありませんか」
「う、うむ」
張飛はことばにつまった。
「その黒風怪とやらについて、魯粛どのに聞いてみましょう」
孫乾がいった。
「周瑜どののもとに出入りしているなら、魯粛どのも知らないはずはないでしょうから」
「いえ、その必要はありません」
孔明は、きっぱりと首をふった。
「明日、わたしが周瑜どのに会って、直接たしかめます。もちろん、ほんとうに曹操の間者だったら、正直に答えるはずはないでしょうが、問いつめていけば、ボロをだすかもしれません。その結果で対策を考えましょう」
「周瑜がほんとうに曹操の間者だったら、どうされる？」
「そのときは、張飛どのにぞんぶんに蛇矛をふるってもらいましょう」
孔明はわらって答えた。
――おやっ。
蒼太は、孔明のようすが変わってきているのに気づいた。これまで、のんきであっけらかんとして、なんだかたよりなかったのが、ものいいもしっかりしてきて、自分の思ったことをしっかりとことばにして、きちんと相手に伝える。どこかまのびしていた顔つきも、きりっとひきしまってきたような気がする。
「ちょっと、孔明さん、軍師っぽくなってきたんじゃない？」
夏花がささやいた。夏花も気がついていたようだ。
「そうだね」
蒼太はうなずいた。また、『三国志』の筋書きとはちがってきそうだが、いまの孔明ならなんとか切りぬけられそうな気がした。

五

明くる日、孔明は、例によって蒼太たちを供に、張飛を護衛にして、本陣に向かった。途中まで来たとき、周瑜の使いの者に出会った。

「周瑜さまが、本陣におこしいただきたいとのことでございます」

「ちょうどよかった。これから本陣にまいるところだ。周瑜どのにそう伝えてくれ」

「かしこまりました」

使いの者はうなずいて、ひきかえしていった。

「なんの用だろうな」

「なんだか気になるわね」

「孔明さんをバッサリやるつもりかな」

「なに、おれの蛇矛があるかぎり、そんなことはさせん」

蒼太たちは口々にいいあったが、孔明は口もとをひきしめてなにもいわず、おちついた足取りで歩いていった。

一同が本陣の大天幕にはいると、広間で周瑜と話していた男が、さっとふりむいた。黒風怪だった。

「周瑜どの、その男は曹操の間者ですぞ！」

孔明が叫んだ。

「お前こそ、孔明のにせ者、双子の弟の孔晴ではないか」

黒風怪は、せせらわらうと、周瑜をふりかえった。

「周瑜、早くこやつを捕らえろ」

「捕らえよ！」

周瑜が大声で命じた。

と、広間のまわりの小部屋から、ばらばらと十数人の兵士が飛びだしてきて、黒風怪に襲いかかり、棒でその体をおさえつけた。

「まちがうな！」

黒風怪がどなった。

「捕らえるのは孔明のにせ者だ！」
「まちがいではない」
周瑜が首をふった。
「黒風怪、きさまを曹操の間者として成敗する」
「な、なんだと⁉　曹操さまに味方するというのは、うそか」
「ばかめ。おれは、最初からそんな気はなかった。ただ、きさまをひきとめておくために、そういったまでさ」
「くそっ。だましたな！」
黒風怪は、全身に力をこめると、ぶんと体をふった。おさえつけていた棒が、一瞬のうちにばらばらと勢いよく兵士もろとも四方にふっ飛んだ。ついで、黒風怪の体がくるくると回転しはじめた。やがて回転が止まると、そこには一頭の大きな大熊猫がいた。
「周瑜、きさまを殺してやる！」
「それは、こっちのせりふだ、黒風怪」
周瑜がその場で高く飛び上がると、宙で一回転して床におりたった。周瑜は、

金色の美しい毛をした金糸猴になっていた。なんと、周瑜も妖怪だった。

大熊猫黒風怪と金糸猴の周瑜は、こぶしをかためてにらみあうと、

「きえーっ」

「くおーっ」

奇声を上げて跳躍した。宙で飛びちがい、ストンと床におりたつと、くるっと向きをかえておたがいにとっしんし、こぶしをつきだしてつきあい、なぐりあい、けりあい、取っくみあい、おしたおし、はねとばし、宙で飛びちがっては広間せましとはげしく戦った。

そのすさまじい戦いに、床が破れそうになるほどしなり、天幕が倒れるかと思われるくらいゆれた。孔明たちは、呆然として、天幕のすみでふたりの戦いを見まもるばかりだった。

しばらくすると、大熊猫の息がみだれはじめ、動きがにぶくなってきた。金糸猴のパンチやけりが大熊猫の顔面や腹に炸裂し、そのたびに大熊猫がうめき声を上げた。

「くそっ」

大熊猫は、血だらけの顔面をぬぐうと、体勢をととのえ、金糸猴めがけて思いきり跳躍した。同時に金糸猴も大熊猫めがけて跳躍した。ふたりは、天幕のてっぺん近くで激突した。大熊猫の渾身のつきは空を切り、金糸猴の必殺のけりは大熊猫のあごをくだいた。大熊猫は血泡を吹いて勢いよく落下し、金糸猴は宙で一回転して軽やかに床におりたった。周瑜の姿にもどっていた。

「かたづけろ！」

周瑜は、ぴくりとも動かない大熊猫を見おろしながら、天幕のすみにかたまっていた兵士たちに命じた。兵士たちがわらわらとかけよってきて、大熊猫を天幕の外に運びだした。

「とんださわぎをお見せして、もうしわけない」

周瑜は、孔明のもとに歩みよって、頭をさげた。

「あの黒風怪は、それがしが孫権さまのもとで妖怪部隊をひきいていたときの仲間だったのですが、孫権さまのごきげんをそこねて、呉から追放された者。その後、どうやら曹操に取りいって間者となったようで、それがしのところへひそかにやってきて、曹操に寝がえれとすすめるのです。

なぜなら、孔明は、柴桑ですでに死んでいて、今赤壁にいる孔明は、双子の弟の孔晴だ。そんなにせ者などなんの力にもたよりにもならない。このまま決戦となれば、呉が曹操に負けるのはまちがいない。だから、そうなる前に曹操に味方したほうがいいというのです。

黒風怪は、妖怪部隊にいたときから、ほらを吹いたり、うそをつくくせがあって、信用ならないやつでしたから、やつのいうことはすぐには信じられなかったが、もし本当だとしたら、大変なことになります。そこで、考えてみるから時間をくれといって、しばらくやつを本陣にとどめておき、孔明どのに難題をだして、本物かにせ者かたしかめることにしたというわけです」

「それが、十万本の矢か！」

張飛が叫んだ。

「さよう」

周瑜はうなずいた。

「にせ者ならばとうてい無理だが、本物の孔明どのなら、その天才的な知力でやりとげるだろうと思ったしだいでな。黒風怪のことは秘密だったので、魯粛どのには、それがしが孔明どのの才能を恐れて殺害するために難題をしかけたといっておきました。

そして、孔明どのは、思いもよらない方法で難題を解決された。これこそ、本物のあかし。これで黒風怪のうそがはっきりしましたので、ただいま成敗したわけです。孔明どのには、無理難題をおしつけてしまい、まことにもうしわけなかった。おわびもうし上げる」

周瑜は、あらためて深々と頭をさげた。

「いえ、わたしは少しも気にしていません」

孔明は、澄んだひとみを周瑜に向けた。
「ところで孔明どの。曹操を破る手立ては、もうお考えかな」
周瑜があらたまった口調でたずねた。
「ええ。わたしなりに考えています」
「それはよかった。それがしも考えていますが、おたがいの考えをてのひらに書いてくらべてみませんか」
「おもしろそうですね。やりましょう」
蒼太は、はっとした。ここも『三国志』の名場面だ。『三国志』では孔明からいいだすのだが、ふたりはてのひらに〝火攻め〟の意味で「火」と筆で書いて見せあうのだ。けれど、そのことをまだ孔明に話していない。なんと書いたらいいか、孔明は知らないのだ！
周瑜は、筆とすずりを持ってこさせた。蒼太は、あわてて孔明のもとにかけよった。
「どうした、蒼太」
孔明がふりむいた。周瑜がすぐそばにいるので、声にだして教えるわけにはいかない。蒼太は、宙に「火」と書こうとして右手を上げかけた。そのとき周瑜がいった。

「それがしは書きましたぞ。孔明どのも早く書きなされ」

「おお」

孔明は、さっと向きなおって筆をとり、てのひらに字を書くと、こぶしを握った。

「では」

「では」

ふたりはうなずきあって、同時にぱっとこぶしをひらいた。そのとたん、ふたりの口からゆかいそうなわらい声が上がった。

「蒼太、なにか用か」

孔明がわらいやめて、蒼太をふりかえった。

「い、いえ、なんでもありません」

蒼太は首をふった。ちらっと見えた孔明のてのひらには、墨黒々と「火」という字が書かれてあった。

「孔明さん。さっき、なぜてのひらに〝火〟と書いたんですか」

本陣からの帰り道、蒼太は孔明に聞いてみた。教えてないはずなのに、なんで「火」と書けたのか、不思議でならなかった。

「そのことか」

孔明は口もとをほころばせた。

「わすれたのか。お前たちに初めて会ったとき、お前は赤壁の戦いについて教えてくれたではないか。それにわたしは、ここへ来てから呉軍や曹操軍のようすを注意深く見てきた。そして、兄上ならどう考えるかを常に意識してきた。そのうえで、曹操を破るには火攻めしかないと兄上なら考えるだろうなと、あらためて思った。だから、周瑜どのがああいったとき、〝火〟という字がすらすらと書けたのさ」

「孔明さん、なんだか変わったみたい」

夏花がつぶやいた。
「そうかもしれない」
孔明はうなずいた。
「わたしは、これまで争いごとがきらいで、争いごとにぶつかると、逃げたり、止めにはいったりしてきた。けれど、今考えると、それは、ただ自分がいやだから、とりあえずやめさせるだけにすぎなかった。争いごとを本当にやめさせるには、その原因をつきとめて、それを取りのぞかなくてはならない。それには勇気と根気がいる。
曹操との戦いは、いわば国と国の争いごとだ。たくさんの人たちの運命がかかっている。わたしは、その人たちのために、勇気と根気をもって、逃げずに立ちむかっていこうと思っている」
孔明はそこまで一気にしゃべると、
「……と、まあ、そんなふうなことを考えてるわけさ」
最後にそうつけくわえて、照れくさそうにわらった。

赤壁（せきへき）の戦（たたか）い GO（ゴー）、GO（ゴー）、GO（ゴー）！

一

西暦二〇八年十一月半ば。長江南岸の赤壁に陣取った呉の水軍三万と、北岸の烏林に陣取った曹操軍水陸あわせて八十万とのあいだに、いよいよ決戦のときがせまってきた。両軍とも何度か小競りあいをくりかえしてきていた。あとは、おたがいに全軍をあげての総力戦を待つばかりだった。

ところが、ここへきて、呉軍に元気がなくなってきた。武将たちはおろおろと暗い顔を見あわせ、兵士たちは、よるとさわるとこそこそとささやきあい、もうだめだというように首をふる。呉軍全体に重い空気がたれこめていた。ほかでもない、呉軍をひきいる参謀の周瑜が、病気になってしまったのだ。

数日前、呉軍と曹操軍の小競りあいがあった。このとき、周瑜は物見台で戦いのようすを見まもっていたが、ふいに強い風が吹いてきて、物見台に立っていた旗ざおをまっぷたつに折ってしまった。その折れた旗ざおが周瑜の胸を打ち、周瑜は血を吐いて倒れ気を失ってしまった。それからというもの、胸が痛んで起き上がれなくなってしまったのだった。

孔明たちもそのことを知っていた。これは『三国志』の筋書きどおりだった。孔明たちは、これから先の筋書きがどうなるのか、その筋書きに沿ってどう行動していったらいいかを蒼太を中心にじっくり検討し、頭にたたきこんでいた。

「筋書きどおりなら、そろそろ、魯粛が孔明さんに相談に来るよ」

蒼太がそういってからまもなく、魯粛が船にやってきた。

「周瑜どののぐあいは、いかがですか」

孔明がたずねると、魯粛は顔をくもらせた。

「あまりよくありません。けがはたいしたことはなかったのですが、なぜか気がふさいで、元気がでないようです。薬を飲もうとしても、吐き気がして飲めないとか。このままではとうてい曹操に勝てません。孔明どの、どうしたらよいでしょう」

「わかりました。では、これから行って、周瑜どのの病気をなおしてさしあげます」

孔明は、おどろく魯粛をうながして、立ち上がると、蒼太たちとともに本陣に向かった。

周瑜は、本陣の自分用の天幕で床についていた。孔明はまくらもとに歩みよった。

「おかげんは、いかがですか」

「さて――」

周瑜は顔をゆがめた。

「自分ではどこもわるくないと思われるのに、どういうわけか、体に力がはいらなくて。起きるとめまいもするし……」

「それは、おそらく心の病だと思われます。なにか人にいえないなやみがあって、それが体の調子をくるわせているのでしょう。わたしがよい薬をさしあげます」

「いや。薬を飲もうとすると、吐き気がして……」

「大丈夫です。わたしの薬は飲むものではありませんから」

孔明は、筆と紙を借りると、なにやら書いて周瑜にさしだした。

「周瑜どの、あなたにいちばんよくきく薬は、これでしょう」

「おお、孔明どの、あなたは名医だ！」

周瑜は、紙を見るなり叫んだ。紙には、ただ「東南の風」と書かれてあった。物見台に立っていた旗ざおをまっぷたつに折って周瑜の胸を打たせた強い風は、西北の風だった。周瑜はそのことに気がついて、がくぜんとした。長江を渡ってくる西北の風のもとで烏林の曹操軍の水上の要塞に火攻めをかければ、火は逆に赤壁の呉軍に燃えうつってしまう。

火攻めが成功するためには、烏林のほうに向かって吹く東南の風でなければならない。けれど、この時期に東南の風が吹くことは奇跡にちかい。これでは、これまでの努力がすべて水の泡となってしまう。周瑜は絶望し、気力を失ってしまったのだった。

「たしかに〝東南の風〟は、それがしの病にはもっともよくきく薬。しかし、それを手に入れることは、不可能ではないか」

「ご心配いりません。わたしは、ある人から不思議な術を記した書物をゆずりうけました。そのなかに、風をよぶ術があるのです。その術を使って東南の風を吹かせてみましょう」

「おお、ぜひともお願いいたす」

「では、ちかくの山に祭壇をきずいてください。壇上でいのり、風をよびおこします。それまでに火攻めの準備をととのえ、東南の風が吹きはじめたら、ただちに攻撃にかかってください」

「こころえた」

すっかり気力を回復した周瑜は、孔明のいうとおりに、五百人の兵士に命じて、ちかくの山のふもとに祭壇をきずかせた。祭壇は山の土を掘ってかためたもので、三段になっている。いちばん下には星座の星をえがいた旗を立て、まん中の段には黄色い旗を立てた。いちばん上の段には、かんむりをかぶり、黒い上着を着た周瑜直属の妖怪部隊から選ばれた四人の妖怪兵士を立たせた。兵士たちは、それぞれ、束にした鶏の羽をしばりつけたさお、星をえがいた布をたらしたさおを持ち、宝剣や香炉をささげもっている。祭壇の四方には、黄色や白、朱色や黒の旗を持った二十四人の兵士が取りまいていた。

二十日の朝になった。孔明は、身をきよめ、白いゆるやかなころもをはおると、髪をふりみだし、はだしで祭壇にのぼった。壇上の香炉で香をたき、天をあおいでなにごとかいのった。いのりおえると、壇をおり、天幕の中にはいっ

て休んだ。蒼太、夏花、信助の三人が孔明の世話をした。張飛と孫乾は、べつの用事でよそに行っていた。

一方周瑜は、着々と火攻めに使う船の用意をととのえていた。船は二十そう。そのすべてに、よくかわいた葦や柴が山のようにつみこまれ、油をそそぎかけられ、火がつきやすいように硫黄や煙硝をたっぷりとぬりつけてある。船全体は油をひいた青い布でおおわれ、船首にはびっしりと太い釘がうえてあった。

「東南の風が吹いているとき、この火船が曹操軍の水上要塞につっこめば、大火災まちがいなしだ」

周瑜はほくそえんだ。

「あとはただ孔明が東南の風を吹かせてくれることをいのるのみ」

その日、孔明は三度祭壇にのぼっていのったが、東南の風は吹く気配もなかった。

やがて日が暮れてきた。

「あと数時間ね」

孔明が休んでいる天幕の中では、夏花がつぶやいていた。

「ああ」

「そうだね」
蒼太と信助がうなずいた。
『三国志』によれば、二十日から二十一日に日づけが変わるころ、にわかに東南の風が吹いてくることになっている。もちろんそれは、孔明の術によるものではない。霧と同じように、この時期に起こる気象の変化で、孔明はそれを知っていて、術として利用しているのだ。
だから、蒼太は風のことは心配していなかった。それより気がかりなのは、孔明が風をよびおこしたあとのことだった。『三国志』では、自然をもあやつることができる孔明の底知れない力に、あらためて恐怖をおぼえた周瑜は、やはり殺しておいたほうがいいと考えなおして、討手をさしむけることになっている。もし、このまま筋書きどおりすすめば、孔明に危険がせまるだろう。
その危険から逃れるために、張飛と孫乾があちこちかけまわっている。
――張飛さんと孫乾さんが、どうかうまくやってくれますように。
蒼太は、心のなかでいのった。
「もう一度いのろう」

休んでいた孔明がゆっくりと立ち上がった。
そのころ本陣では、周瑜が大天幕をでたりはいったりしていた。
「風はまだ吹かぬ。孔明はいいかげんなことをいったのではないか」
「そんなことはないでしょう」
周瑜といっしょにようすを見まもっていた魯粛が、首をふった。
「かならず、風は吹きます」
十万本の矢を手にいれたときの霧を予測していた孔明だから、こんどの東南の風もとうぜん予測しているにちがいないと、魯粛は思っていた。
「そうだといいのだが……」
周瑜は、うかない顔でつぶやいた。
それから数時間後、それまで柳の枝のようにだらりとたれさがっていた本陣の旗が、にわかにばたばたと西北にはためきだした。
「おお、風だ、風だ、東南の風が吹いてきた！」
周瑜は、うめくように叫んだ。
「それにしても、風までも自由にあやつるとは、孔明というのはなんと恐ろしい男だ。このまま生かしておいては、呉のためにならぬ。いっそのこと……」
「周瑜どの。なにをぐずぐずしているのです。一刻も早く火攻めの号令を！」
魯粛がどなった。
「わかった。すぐに諸将を呼びあつめよ」
周瑜は力強くうなずいた。
しばらくすると、本陣の前に、甘寧、太史慈、呂蒙、凌統といった名だたる呉軍の武将たちが集まった。周瑜は壇上にすっくと立った。まわりを妖怪部隊の兵士たちがかためている。
「いよいよ曹操との決戦の時がきた。おのおの、覚悟はよいか」
周瑜は、ゆっくりと頭をめぐらせて、諸将を見まわした。
「おう！」
諸将がいっせいに声を上げた。
「よろしい。では、まず上陸軍のほうだが、甘寧、そのほうは北岸に上陸して曹操軍の兵糧を焼き払え。太史慈、そのほうは三千の兵をひきいて曹操の援軍をくいとめよ。呂蒙は同じく三千の兵をひきいて甘寧の応援にむかえ。つぎに凌統、そのほうは三千の兵をもって烏林に火の手が上がったらすぐさま加勢におもむけ……」

諸将につぎつぎと指示を与えると、周瑜は白髪の老将をそばに呼びよせた。

「黄蓋どの。計画どおり、火船をひきいてまっさきに烏林の要塞につっこみ、曹操の船団を焼きはらってくだされ」

「こころえた」

黄蓋はうなずいて、ひきさがった。周瑜はさらにふたりの武将を呼んでなにごとかいいつけると、本隊の水軍の編成にかかった。全体を四つの隊に分け、各隊三百そうの軍船をひきい、その前方に二十そうの火船を配置した。周瑜自身は中央の指揮船に乗りこみ、本陣には魯粛がのこって留守をまもる。

すべての手配がすむと、周瑜はふたたび壇上にすっくと立った。そして、いきなり一丈あまり飛び上がると宙で一回転し、金糸猴になって降りたった。

「曹操を完膚なきまでにたたきつぶせ！」

金糸猴の周瑜は、長い金色の毛を風になびかせて吠えた。

——たたきつぶせ、たたきつぶせ！　曹操を、曹操を！

諸将の上げる声がこだまとなってあたりにひびきわたった。

同じころ、孔明がいのる祭壇のまわりに立っている旗も、いっせいに西北になびいていた。

「風よ！」

「東南の風だ！」

夏花と信助が、昂奮して飛び上がった。

「赤壁の戦いが、いよいよはじまるぞ！」

蒼太は、何度も読んで、まるで自分がその場にいたかのように頭にきざみこんでいる『三国志』の赤壁の戦いの場面を、ありありと思いうかべていた——。

赤壁の戦い

長江北岸の烏林を中心にして広がっている曹操軍の水上要塞。大小数百そうの軍船が、三十そう、五十そうとひと組になって、それぞれ船首と船尾を太い鉄の環と鎖につなぎとめられていて、どんなにはげしいうねりや風にもびくともしない。船と船のあいだには、何枚ものはば広い板が渡されていて、兵士たちは平地を行くように行き来している。まるで水上にうかぶ巨大な城のようだった。

曹操は、要塞の中央にうかぶ旗艦から、長江を見わたしていた。月がこうこうとさえわたって水面を照らし、うねる波は無数の金色のへびがおどりたわむれるようだった。

風が旗艦の旗をはためかせ、曹操の髪やひげをなぶっていく。東南の風だ。

数日前、参謀の程昱が、曹操に忠告した。

「わが軍の船団は、鉄の環や鎖でがっちりつながれていますが、もし敵が火攻めをかけてきたら、身動きができずに焼きつくされてしまう恐れがあります」
「心配は無用じゃ」
曹操はわらいとばした。
「火攻めには風の力がいる。だが、今は冬のさなか。吹くとしても西風か北風で、東風や南風が吹くことはない。わが軍は西北にあり、敵は南岸じゃ。敵が火攻めをかければ、自分たちを焼いてしまうであろう。いくらおろかな周瑜だとて、そのくらいは分かっておるはずじゃ。そなたももっと戦略を学ぶがよい」
「恐れいりました」
程昱は顔を赤らめて、ひきさがった。
そして、今、吹くはずのない東南の風が吹きはじめ、しだいに勢いをましてゆく。しかし、曹操の自信はゆるがなかった。
「この時期に東南の風が吹くとは、周瑜も予期してはおるまい。火攻めの準備などしてはおらぬはず。あたふたしているすきに総攻撃をかければ、たやすく勝てるだろう」

曹操は勝利を確信していた。

「南岸から、こちらに向かって帆を上げた数十そうの船隊がやってきます！」

見はりの兵士が、そのとき叫んだ。

「どの船も青い布でおおわれていて、中ほどの船には、青竜旗がひるがえっています！」

「おお、黄蓋の船じゃ。約束をたがえずにやってきたな」

曹操は満面の笑みをうかべた。

黄蓋は、周瑜の作戦に反対したために、背中の皮が破れるほど棒でたたかれた。これをうらんだ黄蓋は、呉をうらぎって曹操に投降することに決め、武器と兵糧をつんだ船隊をひきいて烏林に行くという密書を送ってきていた。

今、目印の青竜旗を立てた船隊が、約束どおりやってきた。追い風を受けてぐんぐんちかづいてくる。船足はおどろくほど速い。

「やや、あやしいぞ！」

それを見て、程昱が叫んだ。

「あの船をちかづけてはなりません！」

「なぜだ」

「兵糧をつんでいるならば、船体がしずみ、船足がにぶくなるはずです。ところがあの船は軽々とうき、船足も速い。なにかたくらみのある証拠です」

「ううむ。周瑜にはかられたか……！」

曹操の顔色が変わった。黄蓋の投降はいつわりで、周瑜のはかりごとだということを一瞬でさとった。

「あの船隊を止めよ。とりでにいれるな！」

曹操は叫んだ。

すぐさま十数そうの見まわりの船が船隊にちかづいた。

「その船、待て！」
「とりでにはいることはまかりならん！」
「早々に帆をおろせ！」
返事のかわりに、いっせいに矢が飛んできた。見まわり船はあわてふためいて逃げちった。
「つっこめ！　敵の船を一そうのこらず焼きつくせ！」
青竜旗の下に立った黄蓋は、のども破れんばかりに絶叫すると、手に持った刀をさっとふりおろした。
二十そうの火船にいっせいに火がつけられた。つぎの瞬間、すさまじい爆発音とともに二十の火柱が空高く立ちのぼった。と見るまに、風にあおられ、火竜のように炎の舌をひらめかせながらつぎつぎに水塞に突入していった。
鉄の環と鎖でつなぎあわされていた曹操の船団は、ほとんど身動きが取れなかった。動きのにぶい巨大草食恐竜を小型肉食恐竜がむらがりおそうように、火船はつぎからつぎへと船団にぶつかっていった。船首にうえつけられた太い釘が、がっちりと大船の横腹にくいこんだ。たちまち大船は燃えさかる炎に包まれた。ごうっと火と風と波の音がいりまじった轟音があたりにとどろきわたった。長江の水面はま昼のように明るく照りかがやき、烏林と赤壁の両岸がまっ赤にぬりつぶされた影絵のようにうかび上がった。

曹操は、呆然として旗艦上に立ちつくしていた。まわりでは、水上にうかぶ城のように見えた自慢の船団が、つぎつぎに炎に包まれ、むざんに焼けおち、水底にしずんでいく。前後左右、どちらを向いても火、また火で、水面も見えない。火は陸上の陣にも燃えうつり、烏林の峰が赤々と炎の色にそまっていた。

「曹操さま、早く小舟にお乗りください！」

のどをからして叫ぶ声に、曹操ははっと我に返った。うずまく火とけむりをかいくぐって、船端にかけよった。一そうの小舟がこぎよせている。曹操は思いきって船端を乗りこえると、小舟に飛びおりた。小舟はすぐさま岸に向かった。

一方黄蓋は、小舟に乗りうつり、めぼしい敵をもとめて水塞の中をあちこちこぎまわっていたが、このとき、小舟に乗りうつった曹操を見つけた。

「曹操だ！　やつを逃がすな！」

兵士たちをはげまし、疾風のようにこぎよせていった。

「もはやこれまでか……」

曹操は絶望の声を上げた。

そのとき、小舟から一本の矢がはなたれ、こぎよせてくる船の船首に立っていた黄蓋の肩にぐさりとつささった。黄蓋はもんどりうって水中におちた。兵士たちがあわてて助け上げようとしているすきに、小舟はなんとか岸にたどりついた。曹操は馬に乗り、あとをも見ずに走らせた。

このとき長江では、赤壁の西と東から呉の別働隊が殺到し、正面からは周瑜の本隊が一気に攻めよせていた。風はさらに勢いをまし、火は風の助けを得ていつ消えるともなく燃えさかった。江上には、火に焼かれ、水におぼれ、矢に射られ、槍につかれた曹操軍の兵士の死体が無数にういていた。

火は陸上でも燃えさかっていた。曹操の陣中深くはいりこんだ呉軍の部隊が、あたり一帯に火をはなったのだ。敵陣に火の手が上がったのを見て、さらに呉軍の各部隊が火をかけ、ときの声を上げて攻めよせた。水上とおなじく、陸の曹操軍も総くずれとなった。

曹操は、火をかいくぐり、けむりにむせながら、馬を飛ばしてただひたすら逃げつづけた。したがうのはわずか二百騎あまりにすぎなかった。馬にむち打ち、さらに走りつづけるうちに、東の空がうっすらと白んできた。ふりかえると、火の手はだいぶ遠くなっている。軍勢も途中から合流してきたものをくわえて、千騎あまりにふえていた。

ようやく余裕を取りもどした曹操は、

「おのれ、周瑜、孔明。この借りはかならず返してやるからな！　ふたりとも首を洗って待っておれ」

目を血走らせ、くちびるをかみ、こぶしをふり上げ、はったと宙をにらんで、うめくように叫んだ。

こうして、世に名高い赤壁の戦いは終わった。この大敗によって、曹操の野望は一時はばまれ、そのあいだに孫権と劉備が力をたくわえて、やがて魏・呉・蜀の三国時代をむかえるのである。

二

「蒼太、蒼太、なにぼんやりしてんのよ！」

夏花の声に、頭の中で〈赤壁の戦い〉の経過をずっとたどっていた蒼太は、はっと我に返った。兵士たちはひき上げたらしく、祭壇のまわりには、もうだれもいなかった。旗だけがますます強くなる風にはげしくはためいている。

「こっちよ、こっち」

夏花が、休憩用の天幕の入り口に立って、手招きしている。蒼太は急いでかけよった。

天幕の中では、もう孔明が着がえを終わっていた。信助はおちつかなげにめがねをいじくりまわしている。

「張飛さんは？」

「まだなのよ」

夏花は首をふった。
「いったい、なにしてるんだか……」
そのことばが終わらないうちに、ひづめの音がひびき、馬のいななきが聞こえてきた。
「来た！」
まっ先に信助が飛びだし、夏花と蒼太がつづいた。最後に孔明がおちついた足取りでてきた。
「どうどうどう」
天幕の外では、張飛がまだ息を荒げている二頭の馬をしきりにおちつかせていた。
「ずいぶん遅かったじゃない。また妖怪にでも会ったのかと思ったわ」
夏花が、ようしゃなくあびせかけた。
「まあ、そういうな」
張飛はにがわらいした。
「このあたりでは、呉軍に徴発されて、馬はほとんどおらん。それで、かなり遠くまで行って見つけてこなければならなかったのだ。おまけに、万が一呉軍のやつらにでくわして、周瑜に報告されたらまずいので、わざわざ遠回りしてやってきたってわけさ」

「とにかく、ここを早く立ちのかなくっちゃ」

蒼太がみんなをせかした。

孔明が前に夏花、うしろに信助を乗せて、馬にまたがった。蒼太は張飛のうしろに乗った。

「お先に」

孔明が馬腹をけった。

「行くぞ、蒼太。しっかりつかまっておれ」

張飛がすぐあとにつづいた。

二頭の馬は、ひづめの音をひびかせて、勢いよく走りだした。遠く、烏林の方角の空が夕焼けのように赤く染まっている。赤壁の戦いは、今たけなわのようだ。

しばらく走っていくうちに、東の空が白み前方に長江の流れが見えてきた。

岸にだれか立っていて、しきりに手招きしている。孔明と張飛は、岸辺ちかくに馬を止めた。手招きしていた人が走りよってきた。

「軍師、遅かったではないですか」

孫乾だった。

「心配しましたぞ」

「もうしわけない」

孔明が馬をおり、夏花と信助を抱きおろした。

「舟は？」

張飛が、蒼太を馬からおろしながら孫乾をかえりみた。

「こっちだ」

孫乾は、みんなをうながして、歩きだした。

水ぎわに打たれたくいに、一そうの小舟がつながれていた。『三国志』の筋書きどおり、周瑜が孔明を恐れて討手をさしむけたときの用心に、張飛が馬をさがし、孫乾が夏口にもどるための舟を用意して、ここでおちあうことにしていたのだった。

「やれやれ、やっと夏口にもどれるわい」
張飛が、ほっとしたようにひげをしごいた。
「これでもう、妖怪に出合うこともないだろうて」
「さあ、お前たちから先に乗りなさい」
孔明が蒼太たちをうながした。
「いえ、おれたちは――」
蒼太は、夏花と信助をふりかえって、ひとつうなずくと、孔明に顔をもどした。
「おれたちは、ここでお別れします」
「なんだと!?」
張飛がおどろいたように、ひげから手をはなした。
「なんでいっしょに来ないんだ」
「赤壁の戦いが無事に起こって、『幻書三国志』の赤壁の戦いが記された部分が消えることはなくなりました。これでもう、歴史が変わることはなく、おれたちがいた未来の世界も変わることはないはずです。それで、そろそろ未来にもどろうと思うんです」

「お前たちのいた未来の世界とやらが、どんなものか知らんが、今いるこっちのほうが、はらはらどきどきして、おもしろくはないか。妖怪もおるしな。未来なんてもどらないで、おれたちといっしょに来たらどうだ」

「張飛どの。無理をいってはいけません」

孔明が、苦笑しながら口をはさんだ。

「この子たちにも家族がおることだし、こっちに来っぱなしというわけにもいかないでしょう」

そういうと、孔明は、まじめな顔つきになって、三人を見た。

「本当をいえば、わたしも、お前たちにいっしょに来てほしいと思っている。そして、お前たちの未来の知恵を借りて、人びとのためにつくせたらいいなと思っている。けれど、それはわたしのわがままだということも分かっている。お前たちにはお前たちの世界がある。そこへもどるのがいちばんだ。

お前たちには、本当に世話になった。お前たちがいなかったなら、わたしはここまでやってこれなかっただろう。わたしは、これからも孔明として生きる。そして、お前たちの未来の世界が、ただしい歴史のとおりになるように力をつ

くす。本当にありがとう」

孔明は、蒼太、夏花、信助としっかりと手を握った。蒼太はなみだをこらえ、夏花はなみだをぽろぽろこぼし、信助はめがねの奥で目をぱちぱちさせた。

「おれも、お前たちと別れるのはつらいよ」
張飛がひげをふるわせながら、三人の手をつぎつぎと握った。
「また機会があったら、未来からおれたちのところへやってきてくれ。また妖怪退治をしようぜ」
「さあ、急ぎましょう」
孔明と張飛は、孫乾にうながされて、舟に乗った。舟はゆっくりと岸をはなれていった。
「さようならあ」
「さようなら、孔明さん、張飛さん」
「さようならあ」
三人は、しだいに小さくなっていく舟に向かって手をふりつづけた。
「ちょっと、蒼太」
なにかに気づいたのか、夏花がふっていた手をおろして、蒼太をふりむくと、
「あんた、未来にもどるっていったけど、どうやったらもどれる？　江戸時代に行ったときは、タイムマシンがあったけど、こんどは洞穴のタイムトンネル

でしょ。でも、こんなところに洞穴なんかないし……」
そういって、長江の波が打ちよせている岸辺を見まわした。
「どうやってもどれるかなんて、おれにだって分かんないよ」
蒼太は首をふった。
「だけど、赤壁の戦いは起こったんだから、もうおれたちがこの世界にいる必要はないんだ。だから、さっきああいったんだよ」
「もしかしたら、おれたち、このままこの世界にとじこめられっぱなしになったりするんじゃないか」
信助がぶるっと体をふるわせた。
「ばかなこといわないでよ！」
夏花が怒ったが、その顔は青ざめている。
「まさか、そんなことあるもんか……」
蒼太は、自信なさそうにつぶやいた。
そのとき、馬のひづめの音と大勢の足音が聞こえてきた。見ると、馬に乗ったふたりの武将と十数人の兵士たちだった。ふたりの武将は馬をおり、兵士たちをしたがえて蒼太たちのところへ走りよってきた。
「お前たちは、たしか、孔明どのの従者だったな」
ひとりの武将がたずねた。
「はい。さようでございます」
蒼太がうなずいた。
「孔明どのはどこへ行かれた」
「あそこです」
蒼太は、江上を指さした。孔明たちの小舟は、はるか遠くにぽつりと見えている。
「くそっ、取りにがしたか！」
武将はくちびるをかんだ。周瑜のはなった討手らしい。
「どうする？」
武将は、もうひとりの武将をかえりみた。
「しかたあるまい。もどって周瑜どのにありのまま報告しよう」
もうひとりの武将はそういって、じろりと蒼太たちを見やると、兵士たちに命じた。
「おい、こやつらを捕まえろ。本陣につれていって、孔明がどのようにして逃げおおせたか、証言させる。さすれば、われらのおち度ではないことが分かるであろう」
槍を持った兵士たちがばらばらとかけよってきて、三人を取りかこんだ。
「よし。ひったてろ！」
ふたりの武将が馬に乗り、兵士たちが三人をかこんで、そのあとにつづいた。
「ねえ、これって、筋書きにあるの」
「ないよ」
「どうなるんだ、これから」
三人は不安げに顔を見あわせた。
しばらく行くうちに、すっかり夜が明けて、あたりは明るくなってきた。
「ねえ、ちょっと、まわりを見て」
夏花が、前を行く蒼太の背中をつついた。
蒼太たち三人は、一列にならばされ、両わきを兵士たちがかためている。夏

花にいわれて、蒼太はまわりを見まわした。とたんに、

「な、なんだ、これ」

思わず声がでた。左右を歩いていく兵士たちの頭から足の先にいたるまで、まるでジグソーパズルのように無数の切れ目がはいっているのだ。兵士たちだけではない。前を行く武将や馬にも同じように切れ目がはいっている。それでいて、兵士も武将も何事もないように歩んでいく。

「ひぇえええ！」

信助も気がついたのか、うしろで叫び声が上がった。

「ど、どうなってんだ！」

そのとたん、ジグソーパズルのピースがくずれるように、兵士や武将や馬が切れ目からばらばらとくずれおちて地上にちらばった。と、見る間に、まわりの景色が変わった。

そこは、山のふもとにもうけられた祭壇で、旗でかざられ、黄色や白、朱色や黒の旗をもった兵士たちが四方を取りまいている。祭壇の上では、白い衣をまとい、髪をふりみだした孔明が、天に向かっていのりをささげている。

三人がぼうぜんとして見つめていると、やがて、孔明をはじめ兵士や旗、祭壇にいたるまで、さっきと同じように無数の切れ目がはいり、さらにばらばらにくずれてちらばった。そして、つぎの瞬間、またまわりが変わった。広い天幕の中で、大熊猫の黒風怪と金糸猴の周瑜が死闘をくりひろげている。

「そうか！」

蒼太が叫んだ。

「おれたちのまわりで、この世界の〈時間〉が逆流をはじめたんだ。なぜだか分からないけど、時間がぎゃくもどりしてるんだよ！」

「じゃあ、じゃあ、このままあたしたちがはじめて孔明さんや張飛さんに会ったときまでもどれば、未来へ帰れるってわけ？」
夏花が昂奮ぎみにいった。
「たぶん、そうなると思う」
「おれはどうなるんだよ」
信助がいった。
「おれは、途中からこっちに来たんだから」
「お前は、変顔といっしょにこっちへころがりおちたときまで時間がもどれば、もとの世界にもどれると思うよ」
「そうか。じゃあ、お前たちがもどってくるのをおじいちゃんといっしょに待ってるよ」
そのとき、宙で飛びちがった大熊猫と金糸猴が、無数の破片となってばらばらと四方に飛びちった——。

三

信助と変顔が、地震によって洞穴から『三国志』の世界にころがりおちたとき、佐山博士は、岩のあいだに飛ばされ、頭を打って意識を失った。それから数時間後にぼんやり意識を取りもどしたが、しばらくして、また意識を失ってしまった。博士がはっきり意識を取りもどしたのは、翌日のことだった。

「なにがあった？　ここはどこだ？」

きょろきょろあたりを見まわして、ようやく自分の状態が分かった。どこもけがはしていないようだが、腰から下が大きな岩のあいだにすっぽりとはさまっていて、まったく身動きできない。少しはなれた岩のあいだに、ふたつの鉛の箱をしばりつけたパイプの背負子がはさまっている。

「そうか。変顔におどされて、信夫といっしょにこの洞穴にやってきたんだった……」

すきをみて博士が岩をつかんで変顔のこめかみにたたきつけた。岩の上に倒れた変顔は、背負子をすてて立ち上がり、博士に飛びかかろうとした。それを見て、信夫が変顔に体あたりした。そのとき、洞穴全体がはげしくゆれ、博士は岩のあいだに飛ばされて、気を失ったのだった。

「信夫はどうしたろう」

まわりを見まわしたが、信夫の姿も変顔の姿も見あたらない。

「ふたりとも、洞穴の外へでたのかもしれない」

そう思ったが、それからどうなったかは、たしかめようがない。何度やってみても、岩のあいだからぬけでることはできなかった。

それから三日間、佐山博士は洞穴にとじこめられた。しだいに頭がぼんやりしてきて、目覚めているのかねむっているのか、はっきりしなくなってきた。夜か朝か分からなかったが、地面がかなりゆれたのをおぼえている。それから夢を見た。信夫がそばに立って、心配そうな顔でしきりに自分をよんでいる夢だ。

——大丈夫だよ。

そういおうとして、目がさめた。どういうわけか、洞穴ではなく自分の寝室のベッドに横になっていて、まくらもとに信夫がいた。
「よかった。目がさめたんだね」
信夫はめがねをはずして、顔をくしゃくしゃにした。
「信夫……無事だったか」
「うん」
「そうか。よかった。……それにしても、わしはどうしてここに?」
佐山博士は起き上がろうとしたが、体に力がはいらず、またばたんとベッドに倒れこんでしまった。
「だめだよ、おじいちゃん。体が弱ってるんだ。なにか食べなくっちゃ。話はそれから」
信夫は、キッチンに飛んでいって、パンとミルクを持ってきた。
「ありがとう」
佐山博士は、ミルクを少しずつ飲み、パンをちぎって口に入れ、ゆっくりと時間をかけて食べた。
「やれやれ、やっと人心地がついたよ」

やがてすっかり食べ終えると、博士はほっとしたように息をついた。
「さあ、話してくれないか」
「うん」
信夫はうなずいて、変顔とともに洞穴からころがりおちて『三国志』の世界に行き、蒼太や夏花に会って、赤壁の戦いがはじまるまでいっしょにいたことを話した。
「それから、蒼太がいう〈時間の逆流〉が起こって、時間がどんどんぎゃくもどりしはじめたんだ。そうして、変顔といっしょに洞穴からころげおちたときまでもどったら、いきなり地面がゆれて、気がついたら洞穴の中にいた」
あたりを見まわすと、岩のあいだに佐山博士が倒れていた。意識を失っているようだ。信夫は博士を抱きおこすと、なんとか背中に背負い、洞穴を歩きだした。息を切らし、何度も休みながら洞穴をでて、がけすそから灯台まで上がり、寝室のベッドに寝かせたのだった。
「わしは、岩のあいだにはさまってなかったか」
「ううん。ただ倒れていただけだったよ」

「そうか。では、あのときのゆれで、岩が動いたんだな」
博士は、夢うつつのうちに感じたゆれを思いだした。
「ねえ、おじいちゃん。ぼくが『三国志』の世界に行って、もどってくるまで、こっちではどのくらいの時間がたっていたの？」
「そうさなあ。わしが洞穴に倒れていたあいだだから、四、五日といったところか」
「でも、向こうでは、赤壁の戦いまで何か月もあったよ」
「それは、最初にいったように、こっちの世界の時間の流れと、『三国志』の世界の時間の流れはまったく別だからだよ。ふたつの時間は、おたがいに関係ないんじゃ」
「そうかあ。それとさあ、蒼太は時間が逆流するっていってたけど、どうしてそんなことが起こったんだろう」
「おそらくそれは、『幻書三国志』が予言していた赤壁の戦いが実現したからじゃろうな。それで、早川くんや大河原さんやお前がはいりこんだために、少しばかり横道にずれてしまった歴史が、もともとの道筋にもどろうとしているのだろう。だから、もともとの歴史に存在するはずのないお前が、はじきとばされて、現在の時間にもどってきたんじゃ」
「ぼくがもどってこれたんだから、蒼太とお夏ももどってこられるよね」
「ああ。歴史が完全にもとのとおりになればな。……だが、待てよ」
何かに気づいたのか、博士は考えこむように天井を見つめた。
「『幻書三国志』は、もともと『三国志』の世界にあったものだ。あれをあった場所にもどさないと、歴史は完全にもとのとおりにはならない。そうなると、ふたりはもどってこれないかもしれん。わしはあれをもっと研究したかったのだが、あきらめねばならんな」
佐山博士は、残念そうに大きなため息をついた。
翌朝早く、博士は信夫に手伝ってもらって、残っていた鉛の箱とスコップを持って洞穴に向かった。ひと晩ぐっすり寝たので、体力はだいぶ回復していた。洞穴には、ふたつの鉛の箱をしばりつけたパイプの背負子が岩のあいだにはさまっている。変顔が投げだしたものだ。博士と信夫は、背負子から箱をおろし、持ってきたものといっしょに洞穴の口においた。

「ふむ。これでひと安心じゃ」
洞穴の外に目をやった博士は、ほっとしたようにつぶやいた。
「なにが安心なの、おじいちゃん」
「洞穴の向こうが、わしが鉛の箱を掘りだしたところと同じ夏口だからだよ。これで、箱をうめれば、すべてがもとどおりになり、ふたりはもどってこられる」
博士と信夫は、洞穴の外に箱を持ちだすと、うまっていた場所にスコップで穴を掘った。
穴を掘りおえて、箱をおろそうとしたとき、
「おい、きさまたち、なにをしてい

る！」

とつぜん声が降ってきた。見上げると、槍を持ったふたりの兵士が、穴のふちに立っていた。

「こやつら、おかしなかっこうをしておる。あやしいぞ」

兵士のひとりが、槍をつきつけた。

「これは、なんだ」

もうひとりの兵士が、鉛の箱に手をかけた。

「ああっ、それをあけちゃいかん！」

博士があわてて叫んだが、兵士はかまわずに箱のふたをあけてしまった。

「やっ、巻物だぞ」

「さては、こいつら、ぬすっとだな。どこかの寺からぬすんできたのであろう」

ふたりの兵士は、顔を見あわせた。

「おれは、隊長に報告して、仲間をつれてくる。お前はこいつらを見はってろ」

そういって、兵士のひとりがかけさった。

「お前たち、おかしなまねはするなよ」

残った兵士は、槍をかまえて、穴の中の博士と信夫をゆだんなく見はった。
「おじいちゃん、このままだと、お夏と蒼太はもどれなくなるんじゃない？」
信夫が、心配そうにささやいた。
「うむ。なんとかしなくてはならんが……」
佐山博士は、苦しげに顔をゆがめた。

一方、『三国志』の世界では、蒼太と夏花のまわりで〈時間〉がどんどんぎゃくもどりしていた。
周瑜の金糸猴と黒風怪の大熊猫との死闘から、孔明が十万本の矢を手にいれたときにもどり、さらに、張飛と呂布が冥府で戦ったかと思うと、走無常が壁の穴から出現し、孔明が赤狐をやっつけた。そして、変顔が舌をかんで死んだつぎの瞬間、信助が消えた。
「信助、もどったみたい」
「ああ」
夏花と蒼太は、ほっとして顔を見あわせた。

そのあとも、〈時間〉はもどりつづけた。
申陽公のいけにえ騒動――死者の町からの大脱出――孔明と妖怪孔明との対決――張飛と妖怪の飲みくらべ――牛にされた孔明と張飛――美女とごちそうにおぼれた孔明――狼婆との別れと出会い――古井戸に住む蝦蟇の妖怪――樹木の妖怪との戦い――水鬼をめぐる東河村と西河村の争いとつづき、さらに〈時間〉がもどって、ふたりは丘の中腹のような場所に立っていた。
目の下に雑木林が広がり、その向こうに一すじの川の流れが見えた。そして、川の向こう岸には城壁のようなものが見えかくれしている。
「あっ、この景色、見たことある！」

夏花が叫んだ。
「夏口だよ。おれたちが洞穴をでて最初に見た景色だ」
「蒼太、あんたの着ている服！」
「お前だってさ」
夏花と蒼太は、おたがいを指さした。ふたりとも、未来の世界の服になっていた。
「ってことは、時間が、あたしたちが洞穴をでたときにもどってるんだ」
「そうだよ。あとは洞穴を抜けるだけさ」
そういって、蒼太がうなずいたときだった。
「何者だ、きさまら！」
われがねのような声が降ってきた。ふりむくと、蛇矛を持った張飛が、大きな丸い目をらんらんと光らせて、仁王立ちになっていた。

「きさまら、見なれないかっこうをしておるが、どこの国の者だ。子どものようだが、油断はならぬ。曹操の間者であろう」

張飛の太い腕がいきなりのびてきて、右腕で蛇矛といっしょに蒼太をかかえこみ、左腕で夏花をかかえこんだ。

兵士に見はられている穴の中で、信夫が佐山博士にささやいた。

「おじいちゃん、ぼくが穴から飛びだして、見はりに追いかけさせるから、そのあいだに箱をうめもどしちゃって。そうすれば、お夏と蒼太は『三国志』の世界からもどれるでしょ」

「しかし、お前が捕まってしまったらおしまいじゃ」

「大丈夫だよ。うまくあいつをまいて、またここにもどってくる」

「うむ……そうするしかないか」

佐山博士は、思いきったようにうなずくと、いきなり穴のふちに立っている兵士の足にしがみついた。

「お願いです、助けてください！」
「な、なにをしやがる！」
不意をつかれた兵士は、すとんとしりもちをついた。そのすきに、信夫は反対側から穴を飛びだし、雑木林にかけこんだ。
「あっ、このやろう！　待て！」
兵士はあわてて立ち上がり、しがみついている博士をけとばすと、信夫を追っていった。
「信夫、捕まるなよ」
博士は、いのるようにつぶやくと、起き上がって、鉛の箱を穴にいれはじめた。
『三国志』の世界では、張飛が両腕に蒼太と夏花をかかえこみ、雑木林をのっしのっしと歩いていた。
「ちょっと、どうなってんのよ」
夏花が、張飛の腹ごしに蒼太を見た。
「これじゃあ、はじめからやりなおしじゃん」

「なぜか分からないけど、時間の逆流が止まって、こんどは前にすすみはじめたらしい」
蒼太はいった。
「だから、同じ出来事がくりかえされてるんだと思う」
「じゃあ、またおんなじ妖怪と出合って、赤壁の戦いまでいくわけ？」
「それだけじゃなくて、赤壁の戦いまでいったら、また時間が逆流してはじめまでもどって、それからまた前にすすみはじめて赤壁の戦いまでいって……そうやって時間がぐるぐるまわって、おれたち、『三国志』の世界から永遠にでられなくなるかもしれない」
「そんなの、やだ！　お願いだから、時間よ、逆流してえ！」
夏花は絶叫した。
佐山博士は、ようやく三つの鉛の箱を穴にうめもどした。
「信夫はまだか」
不安にかられながらあたりを見まわしていると、がさがさと草をかきわける音がして、信夫が雑木林から飛びだしてきた。
「おじいちゃん、もどったよ！」
「おお、よかった。さあ、早く洞穴へ！」
佐山博士と信夫は、身をひるがえして洞穴にかけこんだ。

「静かにせい！」
張飛は一喝して、雑木林を歩きつづけた。しばらく行くと、林を抜けて細い道にでた。道の向こうは、草のしげったゆるやかな斜面で、その先に銀色に光った川がうねっている。
ぴーぴーぴーという草笛の音が、斜面のほうから聞こえてきた。見ると、斜面のなかほどで、一頭の馬が草を食んでいて、そのわきに腰をおろしている人が吹いているようだ。
と、そのとき。
銀色に光る川や腰をおろしている人、草を食んでいる馬、ゆるやかな斜面に無数の割れ目がはいり、ばらばらとくずれおちた。

「時間が逆流するぞ！」
蒼太が叫んだ。
つぎの瞬間、蒼太と夏花をかかえていた張飛に亀裂がはいり、ばらばらとくずれおちると同時にふたりの目の前に、見おぼえのある景色が広がった。目の下に雑木林、その向こうに一すじの川の流れ、そして、川の向こう岸に見えかくれする城壁。うしろをふりかえると、洞穴が口をあけている。
「もどった！」
「もどったのね！」
蒼太と夏花は歓声を上げた。そのとき、
「いたぞ！」
「さっきのじじいとガキの仲間だな」
「逃がすな！」
叫び声とともに、槍を持った四、五人の兵士が雑木林をかけ上がってきた。なぜかわからないが、ふたりを捕まえようとしているようだ。ふたりはあわてて洞穴に走りこんだ。

洞穴の中は暗く、大小の岩がごろごろしていて、うっかりするとつまずいて大けがをしそうだった。蒼太と夏花は、手さぐり足さぐりで先にすすんでいった。しばらくすると、うしろのほうからわめき声が聞こえてきた。兵士たちが走りこんできたのだろう。

「急ごう」

蒼太は、夏花をうながして足を早めた。

ようやく前方と足もとが明るくなってきて、洞穴の出口にたどりついた。ほっとしたとたん、「きゃっ、やめて！」と夏花が悲鳴を上げ、蒼太もいきなりえりがみをつかまれた。ふり向くと、目のつり上がった兵士がうすわらいをうかべていた。すぐわきで、夏花もふたりの兵士に腕をおさえつけられている。

「はなせ！」

「はなしてよ！」

ふたりともはげしく抵抗したが、兵士たちはかまわずに、ずるずると岩のあいだをひきずっていこうとする。そのとき、洞穴全体がぐらっとゆれた。ゆれは一瞬でおさまった。蒼太と夏花は、両手をついて体を支えた。洞穴には、ふたりのほかにだれもいなかった。えりがみを捕まえていた兵士も、腕をおさえつけていた兵士も、はじめからいなかったみたいに、消えていた。

「あいつたち、どうしちゃったんだろう」

夏花が首をひねった。

「たぶん、『三国志』の世界にもどったんじゃないかな」

蒼太がいった。

「えっ、どういうこと?」

「今のゆれが、最後の〈時間〉の逆流だったんだと思う。それで、すべてがもとにもどった——つまりさあ、この洞穴がタイムトンネルじゃなくなって、ただの洞穴になったってことだよ」

蒼太は立ち上がって、夏花に手をさしだした。

「さあ、行こうぜ。信夫と佐山博士が待ってる」

ふたりは手を取りあって、洞穴をでた。明るい光がふたりをつつんだ。向こうから、ふたつの人影がゆっくりと歩みよってきた。

「お帰り」

「お帰り」

信夫と佐山博士が、にこにことわらいながら手をさしだした。

作者　三田村 信行（みたむら のぶゆき）

一九三九年東京都に生まれる。早稲田大学文学部卒業。幼年童話から大長編まで幅広く活躍している。『風の陰陽師』（ポプラ社）で巌谷小波文芸賞、日本児童文学者協会賞を受賞。主な作品に「きつねのかぎや」シリーズ、「妖怪道中膝栗毛」シリーズ（ともにあかね書房）、「キャベたまたんてい」シリーズ（金の星社）、『おとうさんがいっぱい』『ふたりユースケ』（ともに理論社）、『安寿姫草紙』（ポプラ社）ほか多数。東京都在住。

画家　十々夜（とや）

富山県に生まれる。大阪美術専門学校卒業。ゲームのイラストからキャラクターデザイン、児童書の挿画まで様々な分野で活躍している。挿画の作品として「妖怪道中膝栗毛」シリーズ（あかね書房）、「ルルル♪動物病院」シリーズ、「アンティークFUGA」シリーズ（ともに岩崎書店）、「サッカー少女サミー」シリーズ（学研）、『おなやみ相談部』（講談社）ほかがある。京都府在住。

P5
「劉備、白帝城に死す」

P55
「孔明、木牛・流馬を使う」

P107
「死せる孔明生ける仲達を走らす」

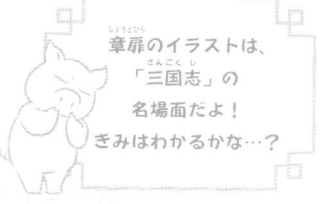

妖怪道中三国志・5
炎の風吹け妖怪大戦

二〇一七年十一月　初　版
二〇二〇年　六　月　第三刷

作　者　三田村信行
画　家　十々夜
発行者　岡本光晴
発行所　株式会社あかね書房
〒一〇一－〇〇六五
東京都千代田区西神田三－二－一
電　話　〇三－三二六三－〇六四一（営業）
〇三－三二六三－〇六四四（編集）
印刷所　錦明印刷株式会社
製本所　株式会社難波製本
装　丁　吉沢千明

NDC913　161ページ　21cm
© N.Mitamura,Totoya 2017　Printed in Japan
ISBN978-4-251-04525-6
乱丁・落丁本はお取りかえいたします。定価はカバーに表示してあります。
https://www.akaneshobo.co.jp

「三国志」の世界で歴史をまもる……!?
手に汗にぎる、妖怪アドベンチャー!

妖怪道中三国志シリーズ

三田村信行・作　十々夜・絵　　全5巻

1 奪われた予言書

予言書の巻物が妖怪に奪われた！　蒼一たちは歴史をまもるため、"三国志"の時代へ。出会ったのは呉へと旅をする孔明と張飛だったが！?

2 壁画にひそむ罠

蒼太と名前を変え、4人で旅をはじめた蒼一。ところがつぎつぎと妖怪に襲われる。美女に壁画のなかへ招かれた孔明を、つれもどせるのか……?

3 孔明vs.妖怪孔明

歴史をまもるため、孔明・張飛たちと旅をつづける蒼太。ところが、妖怪のしわざで、孔明そっくりな孔明が出現！　妖怪を見やぶることができるのか！?

4 幻影の町から大脱出

「赤壁の戦い」を起こすために旅をつづける蒼太たち。ところが、死者が暮らす町で鬼に追われ危機一髪！　そして孔明をめぐるなぞがついに明らかに……!?

5 炎の風吹け妖怪大戦

とうとう「赤壁の戦い」へ！
正体をあらわした周瑜とともに孔明は曹操に立ち向かう。使命を果たした蒼太たちは、未来へ帰れるのか……!?

赤狐
蟒蛇
妖